LES DERNIÈRES VOLONTÉS DE HEATHER McFERGUSON

Collection “1er mille”
– Dirigée par Catherine Guillebaud –

EAN 9782363083302

Sylvie Wojcik

LES DERNIÈRES VOLONTÉS DE HEATHER McFERGUSON

roman

arléa
16, rue de l'Odéon, 75006 Paris
www.arlea.fr

En sortant de l’étude du notaire à Inverness, Aloïs rejoint immédiatement sa voiture. Si vous voulez y aller dès aujourd’hui, tâchez d’arriver avant la nuit. La route n’est pas évidente, lui a confié l'homme serré dans son costume trois pièces, avant de refermer la porte capitonnée de son bureau.

Après le pont de fer au-dessus de la rivière Ness, Aloïs entre dans le vif du paysage : un vallonnement de lande à perte de vue sous un ciel dessiné au couteau. Il quitte la route principale pour suivre une voie unique, bordée de traits blancs, avec des espaces de croisement sur le côté tels les renflements d'une veine.

La visibilité est réduite. Chaque tournant pourrait être un tremplin vers le vide. Aloïs serre à droite. Non, à gauche. Ici on roule à gauche.

Ses repères sont bouleversés. L'essentiel est de garder le cap.

Aloïs ne croise personne, ce qui le rassure et l'inquiète à la fois. Il a hâte d'arriver. La route tourne et grimpe jusqu'à un plateau surplombant la baie. Il s'arrête et relâche ses bras qui s'étaient crispés sur le volant. La lumière du soir s'est déposée par cristaux en contrebas, à la surface de l'eau. Mer, lac, fjord ? Il ne sait pas très bien. Il y a l'eau, il y a la terre, la terre percée d'eau ou la mer recouverte d'îlots, il ne saurait dire. Tout cela l'attire mais ne lui rappelle rien, ne lui parle pas. Seul le vent qui s'engouffre dans son caban lui souffle de continuer sa route. La Fiat 500 rouge, louée ce matin à l'aéroport d'Edimbourg, descend prudemment vers la baie d'Applecross.

Le cœur du village est une rue bordée de maisons blanches, tapies les unes contre les autres, comme rejetées d'un bloc par la marée. Aloïs arrive avec le crépuscule. C'est la dernière maison, lui a dit le notaire, avec un ancien fumoir à saumon à l'arrière. À quoi peut bien ressembler un fumoir à saumon ? Il n'en a aucune idée.

Il s'engage doucement dans la rue jusqu'au pub. L'endroit est animé. Les vitres sont couvertes de buée. Quelques personnes fument devant la porte, d'autres discutent dans la rue. Aloïs est obligé de s'arrêter. Les gens s'écartent lentement en faisant un signe de la main. Par la porte ouverte, il discerne des voix fortes et des verres qui s'entrechoquent. Bientôt des notes échappées de cordes pincées émergent du brouhaha. Les voix si inégales quand elles parlaient, avec le chant ne font qu'une. Aloïs reste là quelques secondes avant de poursuivre son chemin.

Il y a de la lumière à l'intérieur et des bottes en caoutchouc sur le paillasson. Il a dû se tromper. C'est pourtant bien la dernière maison. Il cherche une sonnette et ne trouve qu'un heurtoir à mi-hauteur de la porte, une main effilée en bois dur qu'il n'ose pas toucher, mais déjà la porte s'ouvre. Une femme emmitouflée dans un châle à franges trop grand pour elle lui fait signe d'entrer.

Elle s'appelle Eileen et était la meilleure amie de l'ancienne propriétaire, Heather McFerguson. C'est elle qui a entretenu la maison depuis le départ de Heather. Le notaire lui avait demandé d'être là aujourd'hui. Depuis ce matin, elle attend, mettant encore de l'ordre par endroits.

– Heather était tellement méticuleuse, s'empresse-t-elle d'ajouter. Elle n'aurait pas souhaité que sa maison soit laissée à l'abandon, même si, à la fin, la pauvre ne s'en préoccupait plus. Elle ne pouvait même plus dire où elle habitait. C'est triste. Vous avez acheté la maison avec le mobilier, je crois ?

Acheté ? Aloïs croit avoir mal compris. Pourtant les paroles d'Eileen sont parfaitement claires malgré son accent. Non, cette maison, il ne l'a pas achetée. Elle semble l'ignorer et c'est certainement mieux ainsi. D'ailleurs, personne n'avait prévenu Aloïs de la présence de cette femme. Il ne s'en offusque pas, il est juste un peu surpris.

– Oui, bien sûr, j'ai tout acheté.

– Alors, je vous montre. Mais avant, vous prendrez bien une tasse de thé ?

Aloïs a hâte d'être seul mais il lui est impossible de refuser. Il comprendra vite qu'ici personne n'entreprend jamais rien d'important avant de boire une généreuse tasse de thé. Un thé fort, adouci par un nuage de lait frais, entier.

Après lui avoir signalé plusieurs défauts de la maison, le chauffe-eau qui siffle, la fenêtre de la chambre qui ferme mal, le portillon qui grince, Eileen se décide enfin à prendre congé. S'il a besoin de quoi que ce soit, qu'il n'hésite pas à venir la voir. Elle tient l'épicerie du village.

– Ah, j'oubliais. Voici ma clé, dit Eileen, hésitante, pensant peut-être qu'Aloïs lui proposerait de la garder.

– Merci.

La clé d'Eileen serrée au creux de la main, il reste quelques minutes adossé à la porte d'entrée, observant l'intérieur de la maison.

« Selon les dernières volontés de Miss Heather Margaret Jane McFerguson... » Heather Margaret Jane McFerguson. Combien de fois avait-il prononcé, à haute voix ou en lui-même, ce nom inconnu, cette suite de sons qu'il trouvait harmonieuse mais qui n'éveillait rien en lui ? Chaque soir avant de s'endormir, il se répétait : Heather Margaret Jane McFerguson, Applecross, pour essayer de faire ressurgir ne serait-ce que l'esquisse d'un souvenir. Il l'avait même prononcé dans son sommeil. C'est ce que lui avait dit Anne lorsqu'elle était venue chercher ses cartons et qu'ils avaient dormi sous le même toit pour la dernière fois. Mais trop impatiente de partir et absorbée par sa nouvelle vie, elle n'avait fait aucun cas de ces paroles, ni posé aucune question.

Une fois seul pour de bon, un lundi après-midi, Aloïs ferma la librairie et, dans l'arrière-boutique, il relut avec attention la lettre venue d'Écosse. Qui pouvait bien être cette femme ? Applecross, Highlands, Écosse, où était-ce exactement ? Aloïs ne connaissait personne dans ce pays. Il avait cru d'abord à une erreur mais son état civil, décliné dans les documents, était en tous points exact : Aloïs François Marie Delcos, né le 11 juillet 1969 à Paris, VIe.

Il se récita quelques phrases toutes faites en anglais, piochées dans un vieux *Harrap's*, et après maintes répétitions et hésitations, se résolut à téléphoner à Inverness. Le notaire lui expliqua la situation dans un français impeccable. La défunte lui avait dicté son testament environ deux ans avant son décès. Elle était venue seule, avec toutes les informations en tête concernant son héritier. Avec clarté et détachement, le notaire expliqua à Aloïs qu'il pouvait refuser l'héritage sans donner de motif, par simple lettre recommandée. Il disposait d'un délai légal d'un mois avant de se décider.

Aloïs essaya d'obtenir quelques informations sur cette femme, mais le notaire lui répéta ce qui figurait déjà dans le courrier : nom, adresse, date et lieu de naissance. Il ajouta qu'elle était décédée à « l'entité spécialisée » de l'hôpital d'Inverness, qu'elle avait toujours vécu à Applecross, dans cette maison qu'elle lui léguait et qu'elle tenait de ses parents. Elle était célibataire, n'avait ni frère ni sœur, ni aucune autre descendance. Sur le formulaire officiel du testament, elle avait certifié sur l'honneur n'avoir aucun lien de parenté avec Aloïs. D'après les recherches généalogiques d'usage, elle n'en avait pas non plus avec quiconque encore de ce monde. Toutes ces informations figureraient sur l'acte de succession qui lui serait remis s'il acceptait le legs. C'est tout ce que le notaire avait à lui dire. Il avait exclusivement pour rôle de faire appliquer le droit et de respecter la volonté de ses clients, pas de fouiller dans leur passé. Aloïs aurait voulu lui demander si elle lui avait parlé de lui mais il sentit bien qu'il n'obtiendrait rien de plus de cet homme si attaché à son devoir. Il lui dit poliment qu'il allait réfléchir.

Le soir même, dans son appartement, Aloïs ouvrit l'ancienne malle de voyage où il conservait les quelques objets qui lui restaient de ses parents. Sous les coussins en soie élimés, il sortit le Polaroïd et la caméra Super 8 de son père, les paquets de lettres et de cartes postales serrées par des élastiques et les boîtes à chapeau de sa grand-mère maternelle, remplies de photos en noir et blanc.

Il explora la malle de fond en comble et relut chacune des lettres, à la recherche d'une photo, d'un mot, d'un signe ou d'une allusion à cette femme ou à ce pays. Il y passa la nuit, la suivante et encore la suivante. Parce que la nuit, pensait-il, serait plus propice à révéler les secrets. Mais ces nuits-là le laissèrent dans les ténèbres les plus profondes. Pas un début d'explication. Rien, à part des anecdotes qu'il connaissait déjà et qui l'avaient toujours ennuyé. Rien d'Écosse ni d'Applecross, rien de Heather ni de Margaret, ni de Jane, ni de McFerguson. Il replaça le tout dans la malle, à l'exception de l'album photo de son enfance et de quelques livres de sa jeunesse qu'il fut heureux de retrouver.

L'album recouvert de cuir peint avait été confectionné par sa mère, restauratrice de livres. À l'intérieur, elle avait inséré des photos de son fils. Les photos classiques d'un jeune enfant, entouré et choyé : premier sourire, premier anniversaire, premier Noël, premières vacances à la mer. Aloïs les connaissait par cœur mais, ce soir, il avait l'impression de les regarder pour la première fois. Il s'attachait aux détails, surtout aux visages et aux expressions. Il observait son enfance avec recul et, peu à peu, avec effroi. Était-il vraiment un des leurs ?

Parmi les livres sortis de la malle, il mit la main avec émotion sur *Le Seigneur des anneaux* de Tolkien, version illustrée avec la carte détachable du monde où se déroule l'intrigue : la Terre du Milieu. Un livre qu'il avait lu tant de fois pendant ses jeunes années et qu'il n'avait pas touché depuis. Un monde où, adolescent, il s'était si souvent retranché. Il dépoussiéra délicatement la couverture et, assis sur son lit, il l'ouvrit et entra chez les Elfes et les Hobbits, dans des lieux qui le fascinaient et l'effrayaient à la fois. Il entama une nouvelle lecture de son *Seigneur des anneaux* jusqu'à tard dans la nuit et ne pensa plus au reste.

Quelques jours plus tard, il rappela le notaire d'Inverness pour lui dire qu'il acceptait l'héritage.

Aloïs est aujourd'hui à Applecross, chez lui pour ainsi dire. Dans le canapé aux motifs fleuris, il se frotte les yeux dans l'espoir d'y voir plus clair. Heather Margaret Jane McFerguson, qui étiez-vous donc ?

À quelques pas de là, les derniers clients du pub sortent en fredonnant. Aloïs voudrait faire encore le tour des pièces mais il est si fatigué qu'il s'endort à même le couvre-lit dans l'unique chambre à coucher de la maison.

Il se réveille en pleine nuit, sentant peser sur lui l'humidité d'une maison inhabitée depuis longtemps. Il tire le plaid plié en quatre sur la chaise près du lit puis se rendort. Quelques heures plus tard, une odeur âcre de laine et de poussière, mêlée à des effluves de marée, met définitivement fin à sa nuit. Le plaid sur les épaules,

Aloïs descend l'escalier de bois qui gémit sous la moquette décollée par endroits. Le jour se lève à peine à l'arrière de la maison.

Aloïs n'a jamais rien planifié dans sa vie. Il prend les choses, heureuses ou malheureuses, comme elles viennent, et laisse généralement les êtres et les événements décider pour lui. Depuis son plus jeune âge, il est ainsi. Il ne se réjouit pas du lendemain ni à l'idée de faire quelque chose. Il vit le moment présent comme si l'avenir n'était pas à sa portée.

Il est né et a toujours vécu à Paris. Enfant unique d'un couple d'antiquaires, il a étudié l'économie sur le conseil de son père avant de travailler comme archiviste au musée de la Monnaie de Paris. C'est là qu'un soir d'orage il a rencontré Anne, professeure de géographie, venue réserver une visite de groupe pour ses élèves. Le musée allait fermer. Ils attendaient l'un et l'autre une accalmie pour pouvoir sortir. Il lui offrit spontanément son parapluie. Quelques minutes plus tard, elle s'invita chez lui ce soir-là, et puis d'autres.

Aloïs se disait parfois qu'il ne méritait pas cette fille, avec son béret en feutre sur une chevelure blonde et sa veste en loden ajustée à la taille. Mais dès qu'elle était à son bras, il avait l'impression d'être quelqu'un, et il était heureux. Anne aimait venir déjeuner les dimanches, quai des Grands-Augustins, dans l'appartement familial où Aloïs vivait seul avec son père. Sa mère avait été emportée par un cancer foudroyant quelques années plus tôt. Anne se glissait entre les meubles de style, les fauteuils fraîchement retapissés et les vitrines de livres reliés. Aloïs se plaisait dans ce condensé de bonheur au jour le jour, entre son père, effacé, et Anne, éclatante, qui tirait de son sommeil le grand appartement-musée où l'on ne recevait plus personne depuis longtemps.

Un jour où Anne l'attendait seule dans la bibliothèque, penchée sur des cartes dépliées sur la table de billard, Aloïs rentra avec des lys blancs et du champagne. Il avait démissionné de la Monnaie de Paris et acheté une librairie de livres d'occasion avec Johan, son ami d'enfance. Il allait réaliser son rêve. Anne s'emporta. Qu'est-ce qui lui avait pris ? Un coup de tête ! Démissionner d'un poste aussi stable, il n'y pensait pas ! Et leurs projets ? Leurs projets, quels projets ? Aloïs ne voyait pas de quoi elle voulait parler. Ils aimaient tant les livres tous les deux qu'il était persuadé de lui faire plaisir. Au contraire, les reproches fusèrent. Financièrement, il ne gagnerait pas au change, avec cette boutique ! Aloïs reconnut qu'il n'avait pas pensé à cet aspect, juste à leur bonheur. Il se replia derrière ses livres et elle espaça ses visites.

La librairie prenait tournure. Pour Aloïs, travailler avec Johan, c'était retrouver leurs joies d'enfants et leur confiance mutuelle. Et Aloïs en avait besoin. Son père vieillissait et s'affaiblissait. Aloïs voulait à tout prix s'occuper de lui et être le plus possible à ses côtés, mais le vieil homme ne trouvait le bonheur que parmi ses meubles, ses statuettes, ses lampes ou ses tapis, qui lui contaient la vie des autres et, peut-être, lui faisaient oublier la sienne. Il s'éteignit un matin d'hiver sur la méridienne qui lui servait de lit dans l'arrière-boutique.

Après le décès, Anne se rapprocha d'Aloïs et arriva un jour avec ses valises, quai des Grands-Augustins. Aloïs s'en réjouit, elle ne lui en voulait plus. Il vendit la boutique d'antiquités du rez-de-chaussée et il conserva, à l'étage, l'appartement aux moulures et aux lustres en cristal où il avait toujours vécu. Anne y trouva immédiatement sa place. Elle organisait des soirées où ses amis s'émerveillaient devant les vases de Chine et le marbre des cheminées, avec une légèreté qui frisait l'indécence. Pendant ces moments-là, Aloïs s'ennuyait, pensait à son père, regrettant d'avoir si peu échangé avec lui, et tentait de trouver le repos et le silence pour adoucir son chagrin. Il prit conscience que le vieil homme lui manquait et combien il comptait pour lui. Anne commença à lui reprocher sa morosité et son excès de mélancolie. Aloïs se réfugiait souvent à la librairie ; il y restait tard le soir. Johan ne posait pas de questions. Les deux amis s'étaient créé un monde de livres qu'ils habitaient ensemble, chacun à sa façon, comme lorsqu'ils étaient enfants.

Un soir, après un de ces dîners mondains qu'elle chérissait tant, Anne annonça à Aloïs qu'elle avait rencontré quelqu'un et qu'elle partait. Il ne fut pas surpris, plutôt soulagé que ce soit elle qui prenne l'initiative. Ils en étaient là quand arriva la lettre d'Inverness.

Aloïs dort rarement hors de chez lui. Il est souvent mal à l'aise dans un autre lit que le sien. Ce matin pourtant, il se sent bien. Seuls ses vêtements de la veille le gênent. Il a hâte de s'en défaire, de se laver et d'enfiler des habits neufs. Ce sera un pull en cachemire anthracite, à col roulé, acheté spécialement pour ici. À Paris, dans les rames du métro, entre les rayons de la librairie ou dans son appartement surchauffé, il ne supporte pas les cols roulés. Il a l'impression d'étouffer.

À la lumière du jour, la maison se révèle à lui d'une autre manière. Les plafonds sont bas. Les sols, inégaux, grincent sous ses pas. Aloïs découvre quelques singularités du pays : les prises de courant massives, les robinets de cuivre d'un autre âge, les fenêtres à guillotine.

Il lui faut des provisions pour quelques jours, le temps d'accomplir certaines formalités. Ensuite il verra. Il décidera s'il reste, s'il part, s'il met la maison en vente. Il ne sait pas. Il voudrait rester un peu, se familiariser avec les lieux, ne pas chercher frénétiquement le pourquoi de cet héritage mais laisser venir à lui des indices, parcourir les environs, discuter avec Eileen. Il pourrait bien prendre quelques jours de vacances.

La rue est juste derrière le portillon, il n'y a pas de trottoir. De l'autre côté, au-delà du muret, un bras de mer sépare la péninsule d'Applecross de l'île de Skye. Aloïs part à pied à la recherche de l'épicerie. Le pub est déjà ouvert. Des ouvriers entrent et sortent, laissant s'échapper une odeur d'œufs frits. Aloïs a faim. Courbant le dos pour éviter la pluie, il entre. Il commande un café noir et un *breakfast*. On lui sert des œufs brouillés et du bacon, gras, rustique, le genre de nourriture qu'il avait appris à détester avec Anne mais qu'il apprécie ce matin. La journée de la veille a été longue et éprouvante : l'aéroport, l'avion, la location de la voiture, les échanges en anglais, la conduite à gauche, la route à voie unique… Pour une fois, Aloïs est fier de lui, il s'en est bien sorti.

Aloïs a terminé son assiette. Le patron, qui parlait avec deux garde-côtes au comptoir, a disparu. La serveuse aussi. Seul dans la pièce, Aloïs se sent plus à l'aise pour se retourner, observer l'intérieur du pub et contempler les photographies en noir et blanc accrochées au mur entre les fenêtres. Des images anciennes de la rue du village, d'un hameau de maisons aux toits de chaume avec des hommes en bras de chemise qui poussent des charrettes. Des filets de pêche sèchent sur des rochers et de longs morceaux de poisson suspendus grillent devant un feu.

Elle a peut-être connu tous ces gens, se dit-il. Ce sont peut-être son frère, son père, son cousin. Et elle, comment était-elle ? Grande ou petite ? Mince ou un peu forte ? Avait-elle un visage long et anguleux ou plutôt arrondi ? Il n'a pas de photo d'elle. S'il en avait une, même floue, il la reconnaîtrait peut-être ou au moins il pourrait se faire une idée d'elle. Pour cela, il faudrait chercher, ouvrir les tiroirs et les armoires, mais en a-t-il le droit ? Il a hérité de sa maison, pas de son intimité. Malgré le sentiment de familiarité qu'il éprouve depuis son arrivée, il ne peut se résoudre à explorer les lieux. Elle a forcément laissé une indication quelque part, une explication du pourquoi. Pourquoi lui ? À Paris, personne n'a pu l'aider, ni les généalogistes, ni les détectives, ni les spécialistes en héritage. Ils sont tous formels : il n'a aucun lien de parenté avec cette femme. Mais ces photos au mur veulent lui dire quelque chose.

Ces gens sortent des cadres, il a l'impression qu'il pourrait leur parler, qu'il les connaît, qu'ils sont là, à la table d'à côté.

Aloïs sent venir à lui l'odeur de la marée, du poisson fumé, du feu de tourbe et du tabac qui se dégagent de ces scènes. Et cela ne l'incommode pas. Il y trouve même un certain réconfort.

Quand le patron du pub revient, Aloïs sursaute, bredouille quelques mots, se présente et demande l'addition. Archie, la cinquantaine, est un enfant du pays. Il est heureux que la maison de Heather soit occupée. Pour beaucoup de gens, Heather était dans son monde mais elle faisait rêver les enfants. Elle avait toujours un mot pour eux quand ils partaient pour l'école. Elle leur racontait des histoires que d'autres adultes n'auraient jamais osé raconter, des histoires farfelues ou décalées dont les gamins raffolaient. Il y a quelques années, un soir, on l'a retrouvée sur la plage, du côté du hameau, en chemise de nuit, blessée à la jambe, avec un livre serré contre sa poitrine, qu'on a eu du mal à lui retirer. Elle aurait pu mourir de froid. Quelques jours plus tard, une ambulance est venue la chercher et on ne l'a jamais revue.

L'épicerie d'Eileen est à l'autre extrémité du village. C'est l'unique commerce d'Applecross où l'on trouve des produits laitiers dans un bac réfrigérant, des boîtes de conserve sur une étagère murale et des fruits et légumes dans des paniers à même le sol. Au milieu de la pièce, des aumônières en tweed, des bonnets et des écharpes en laine, faits main, sont disposés sur une table recouverte d'un napperon blanc. Un tourniquet avec quelques cartes postales est placé devant la fenêtre. Le visage d'Eileen s'éclaire quand elle reconnaît Aloïs.

– Vous voulez une tasse de thé ?

– Non, merci. Je…

Avant qu'Aloïs ne trouve ses mots :

– Vous avez besoin de quelque chose ? La maison ?

– Non, tout va bien, je voulais…, répond-il en jetant un regard circulaire dans la pièce.

– Je n'ai que de quoi vous dépanner. Si vous voulez vraiment faire des courses, je vous conseille d'aller à Inverness. Si vous avez le temps, passez par le haut, par Shieldaig. La route longe la plage de sable rose et ensuite monte sur la falaise. Vous pourrez vous arrêter pour contempler Raasay et les montagnes de Skye, si le temps s'éclaircit.

– Merci, Eileen. Au revoir.

– Au revoir…, dit-elle dans l'attente de quelque chose.

– Excusez-moi, je ne me suis pas présenté. Aloïs. Mon nom est Aloïs.

Elle tente de répéter tout bas ce prénom si peu commun pour elle mais le *o* et le *i* ne veulent pas s'associer. Elle sourit.

– Je peux vous appeler Al ? Chez nous, c'est le diminutif d'Alistair mais ça peut bien être aussi le vôtre, n'est-ce pas ?

– Oui, bien sûr, répond-il un peu surpris.

Quand Aloïs rentre en fin d'après-midi, il est enregistré comme propriétaire résident et les contrats d'électricité, d'eau et de gaz sont à son nom. Il n'a pas compris tout ce qu'on lui a dit mais, pour simplifier, il a répondu oui à tout et coché les cases qu'on lui a indiquées. Tout est allé si vite. Il éprouve un sentiment étrange. Une incompréhension heureuse, un quasi-bonheur de posséder quelque chose qu'il n'a pas choisi, dans un endroit inconnu et lointain, quelque chose qui vient vers lui, l'apprivoise et, malgré lui, déjà, l'attache.

En quelques jours, la maison s'est réveillée d'une longue nuit. Aloïs a commencé à marquer de son empreinte son nouvel environnement, avec ses pulls mal pliés sur le canapé et les torchons de cuisine jetés sur le dossier des chaises.

Il a envoyé un message à Johan pour lui demander des nouvelles, sans évoquer son retour. Johan a répondu que tout se passait bien à la librairie et qu'il avait récupéré toute la collection de *Fortune de France* de sa tante. Les romans historiques avaient du succès en ce moment. Johan n'est pas le genre de personne à juger hâtivement, à mettre son grain de sel dans les histoires des autres ou à essayer de convaincre. Il connaît son ami, il sait qu'il faut lui laisser du temps et qu'un jour, quand il sera prêt, il se confiera à lui.

Un soir, après une journée de soleil, assis au bord du quai, Aloïs décide de tirer au clair cette histoire d'héritage. Son indécision, sa fuite, son attente doivent prendre fin. La maison et son contenu ne lui ont rien dévoilé, il n'a trouvé aucun papier, aucune photo. Rien de personnel qui aurait appartenu à Heather, à part le linge de maison. Pour Aloïs, paralysé depuis toujours par sa timidité, cette recherche sera difficile.

Le sentier menant aux chaumières d'Applecross est signalé juste après la maison. Aloïs suit la baie. En se retirant, la marée a laissé une peau d'algues sur les rochers. Plus haut, il découvre des maisons en ruine, celles qu'il a vues sur les photos accrochées au pub. Un hameau de pêcheurs, abandonné depuis longtemps. Les toits ont disparu, les murs de pierre sont restés. La marche lui fait du bien. Sur la plage, les odeurs d'iode et d'algues lui tirent quelques larmes. Il éternue plusieurs fois. Sa poitrine se vide d'un poids. Une énergie inconnue s'empare de lui. Il est une plante qui grandit et déplie ses feuilles. Il respire. Il marche, court, saute. Le vent fouette son visage.

Au loin, une langue de terre mène à une presqu'île bosselée, un pâturage à moutons avec une maison blanche au milieu. De chaque côté, l'eau est déjà de retour. La presqu'île deviendra bientôt île. Il ira une autre fois, à marée basse. Il doit absolument se procurer le calendrier des marées.

Il foule le sable blanc mêlé de fines particules noires, s'installe sur un rocher et grignote quelques biscuits. Il est venu pour réfléchir et s'organiser mais, à mesure que les nuages s'effacent et que la lumière change, tous ces questionnements s'éloignent. La marée monte doucement. Il observe avec fascination le liséré de dentelle blanche aller et venir. Sa pensée se fond dans le paysage. Son esprit se dilue dans la course des nuages et le chuchotement des vagues. Il ouvre *Le Seigneur des anneaux* à la page où il s'était arrêté hier soir. Les feux d'artifice de Gandalf. Aloïs a toujours aimé cette scène qui lui rappelle les temps heureux de son enfance. Il fait bon vivre chez les Hobbits. Il retrouve ses héros, il est chez lui. Et ils dansent, et ils chantent, ces petits Hobbits. Tout près, à son oreille, il entend leurs murmures et les clochettes de leurs carrioles comme il entendait la rumeur des vagues dans les conques qu'il rapportait, enfant, de ses vacances à la mer.

Soudain un nuage assombrit la page. Aloïs frissonne et décide de partir quand le vent s'engouffre entre ses mains, fait tomber le livre sur le sable et tourne frénétiquement les pages. Aloïs saisit le livre et découvre une nouvelle page : la première, jusque-là invisible, collée à la couverture. Au milieu, en diagonale, un tampon ovale à l'encre violette : *McFarley Bookshop Inverness.*

Une pluie froide cingle son visage. L'écume rebondit de plus en plus haut sur les rochers. La marée monte. Le ciel s'appesantit. Il faut partir. Aloïs sort sa cape de pluie, rassemble ses affaires, court et se dirige vers les chaumières. Adossé à un mur, à l'abri du vent, il reprend son souffle. Ce livre vient d'ici ! Aux effluves d'iode et d'algue se mêle une odeur de feu. Il y a de la lumière dans une chaumière, la seule qui ait encore un semblant de toit. Derrière le rideau de pluie, quelqu'un lui fait signe d'approcher.

L'homme a la corpulence d'un Viking et des cheveux attachés par un morceau de tissu effiloché. Il porte un jean et une veste en grosse toile dont il a relevé les manches. Ses avant-bras musclés ont des taches de rousseur encore vives. Jim McLeod, éleveur, unique habitant de la presqu'île. C'est ainsi qu'il se présente à Aloïs avant de lui proposer une tasse de thé.

Dans ce qui ressemble plus à une caverne qu'à une maison, autour d'un foyer cerné de pierres avec un lit de braises, l'homme déplie une deuxième chaise de camping près d'une caisse en bois et d'un matelas avec deux coussins, posé à même le sol. Aloïs se présente à son tour, en se réchauffant les mains autour de la tasse émaillée, fumante.

– Aloïs.

– *Al what?*

– *Never mind, just call me Al.*

Décidément, personne n'arrive à prononcer correctement mon prénom. Que je sois Al s'ils préfèrent, se dit-il.

Aloïs explique qu'il vient d'emménager dans la dernière maison du village et qu'il essaie de se familiariser avec les lieux.

– La maison de Heather ?

– Vous connaissiez Heather ?

– Oui. Elle venait souvent ici. Comme je n'ai pas de barque, je traverse toujours à marée basse, je m'adapte au rythme de la mer. On avait un accord tous les deux. Si j'avais besoin de provisions à marée haute, je lui téléphonais et elle me les apportait. Je venais les chercher quand je pouvais traverser à pied. Elle mettait toujours un petit quelque chose en plus, des scones ou un paquet de *liquorice allsorts*, vous savez, ces bonbons à la réglisse, à plusieurs couches de couleurs, qu'on mangeait quand on était gamins.

Aloïs hoche la tête, n'osant pas lui dire qu'il n'a jamais connu ça, qu'il est étranger. Ça ne s'entend donc pas ?

– Une femme courageuse. Elle a travaillé dur toute sa vie. Le tissage, c'était quelque chose. Aujourd'hui, le tweed, c'est un produit de luxe. Quand on pense aux salaires de misère de ces femmes ! On dit qu'elle a eu une jeunesse mouvementée... Parce qu'elle ne s'est jamais mariée et ça, ça les gêne, les bons puritains !

Aloïs se contente d'acquiescer, se sentant physiquement insignifiant face à cette force de la nature. Gringalet, au visage pâle égayé de deux fossettes, Aloïs ne sait jamais comment se tenir face aux gens. Le regard fuyant derrière des lunettes rondes à la monture à peine visible, on dirait qu'il veut toujours passer inaperçu ou qu'il s'excuse d'être là. Il est impressionné par la carrure de cet homme et par son regard qui lui inspire confiance mais l'effraie un peu, peut-être parce que son cœur se lit trop bien sur son visage. Cet homme entier, fier d'avoir pour lui seul une terre qui se détache du monde au gré de la marée.

Jim occupe la maison blanche au milieu du pâturage où il élève une cinquantaine de moutons. Il se déplace le moins possible sur ce qu'il appelle le continent. Cependant, il arrive qu'il « se fasse piéger » comme aujourd'hui. La mer est montée plus vite qu'il ne le pensait. Heureusement, il a toujours cet abri de fortune comme repli et « résidence secondaire », qu'il a aménagé sans rien dire à personne. D'ailleurs qui pourrait lui reprocher quoi que ce soit ? Il est chez lui. Qu'on essaye seulement de raser les chaumières ! Aloïs aimerait en savoir plus mais il se fait tard, le temps est imprévisible et l'alternance d'ombre et de lumière sème dans son esprit une angoisse lointaine de Petit Poucet, avec des chemins qui se transforment et que l'on ne reconnaît plus. Quand les deux hommes sortent de la chaumière, le vent s'est tu. Dans le silence s'élève une mélodie.

– C'est la cloche de la marée, dit Jim en souriant, voyant Aloïs perplexe et craintif.

– La… cloche de… la marée ?

Aloïs sort ses jumelles. Effectivement, à quelques centaines de mètres de là, au large d'une anse de sable, il perçoit dans l'eau une cloche d'airain accrochée à un châssis métallique. Jim lui explique que le son de la cloche est le signal de la marée montante. Aujourd'hui, c'est une curiosité, autrefois c'était l'horloge de la marée.

– Va voir de plus près la plage de sable rose, sur la route de Shieldaig. Ça vaut le détour !

Eileen lui en a déjà parlé, il ira.

Jim l'invite à venir un jour sur sa presqu'île. Ils se verront peut-être aussi au pub de temps en temps. Jim s'y trouve toujours les derniers jeudis du mois, en début de soirée. Aloïs n'a pas très bien compris pourquoi. Les paroles de Jim sont difficiles à suivre. Il semblerait qu'ensuite il aille retrouver une femme dont le mari prend la mer ces soirs-là. Jim vient au pub aussi pour y lire des contes en gaélique. Ce sont là à peu près toutes ses sorties d'agrément sur le continent.

Le soir, en montant se coucher, Aloïs repense à ce que Jim McLeod lui a dit à propos de Heather. Il le reverra certainement et trouvera bien un moyen d'en savoir davantage. Une fois dans son lit, il ouvre son livre en tremblant, avec hâte et appréhension. Retrouvera-t-il la marque découverte par le souffle du vent, juste avant sa rencontre avec McLeod, ou n'était-ce qu'une illusion ?

Le tampon de la première page est bien là : *McFarley Bookshop Inverness*. Ce livre viendrait d'Inverness ? Ce livre en français, ce livre qui avait appartenu à son père, celui auquel il tenait tant ? Son père, ici ? Impossible. Il ne voyageait jamais loin. Il était antiquaire, il avait sans doute trouvé ce livre chez un client, dans une bibliothèque ou chez un bouquiniste. Dans les caves et les greniers s'entassaient des objets et des papiers du monde entier : des concessions d'Indochine, des plans de réserves africaines, des lettres adressées à des comptoirs de Pondichéry… Pourquoi pas un livre d'Inverness ? Ce livre ne venait pas de l'extérieur.

Aloïs l'avait toujours vu chez ses parents, il ne se souvient pas d'un jour où son père l'aurait apporté. Ce livre faisait partie de sa vie et de celle de ses parents, comme les couvertures que l'on utilisait l'été pour les déjeuners sur l'herbe ou les guirlandes de Noël, toujours les mêmes.

Aloïs ne s'était jamais demandé d'où venait ce livre. Aussi loin qu'il se souvienne, il y avait toujours eu des moments où son père dépliait avec précaution la carte pliée et collée sur la dernière page, une carte-dessin à peine jaunie du monde de J. R. R. Tolkien : la Terre du Milieu. Et il restait de longs moments à la contempler. Vers l'âge de dix ans, Aloïs avait commencé à lire lui-même *Le Seigneur des anneaux*. Ce fut un enchantement qui ne l'a jamais quitté.

Ce soir cependant, Aloïs ne peut poursuivre sa lecture. Bercé par les grincements du portillon, il tente de mettre de l'ordre dans ses idées. Il frissonne. Il se retourne, agrippe l'oreiller. Sa joue effleure l'insigne brodée sur la taie, des lettres entrelacées, comme on le faisait autrefois : *HMcF.* Heather McFerguson. Cette femme fantôme qu'il n'imaginait pas autrement que sous la forme d'un nom imprimé sur un acte d'état civil. Heather Margaret Jane McFerguson, qui étiez-vous donc? Aloïs voudrait écarter les mauvaises pensées qui commencent à hanter son esprit. Il retourne l'oreiller pour oublier cette femme, pour ne pas sentir sur sa peau les fils serrés qui forment ses initiales, mais les draps ont une odeur apaisante comme celle que l'on aime retrouver après une longue absence, et il s'endort vite. Tant de mystères demeurent. Demain il se rendra à Inverness.

La librairie McFarley se trouve à l'intérieur de Victorian Market, petite galerie marchande du XIXe siècle près de la gare. Juste derrière l'enseigne d'un cordonnier, Aloïs distingue une pancarte aux couleurs passées : McFarley Bookshop.

Les murs sont tapissés de livres de poche bon marché, usés, écornés, serrés les uns contre les autres sur des planches de bois brut. En entrant, Aloïs se sent chez lui. L'odeur sèche du papier lui serre le cœur et le rassure à la fois. Parce que cette librairie lui rappelle la sienne, à Paris ? Pourtant il n'y pense plus très souvent. Sa vie à Paris est comme un rivage qui s'éloigne doucement, une terre dont il se détache peu à peu.

– Vous cherchez quelque chose ? lui demande une jeune femme, une tasse à la main.

Aloïs sort aussitôt son vieux Tolkien qui dépasse de sa poche et lui montre la première page avec le tampon. La jeune femme lui dit qu'il s'agit bien du tampon de la librairie. Il n'y a pas de doute, elle porte ce nom et ce logo depuis près de soixante ans. Ce sont ses grands-parents, Jane et Albert McFarley, qui l'ont créée. Ils vendaient des livres neufs à l'époque mais, d'après elle, il n'ont jamais eu de livre en français ni en aucune langue étrangère.

Elle feuillette le livre puis revient à la première page qu'elle observe à l'aide d'une loupe.

– En haut de la page, le prix a été inscrit au crayon de papier. Il est presque effacé mais on devine « 6.50 £ ». C'est l'écriture de ma grand-mère et c'est le tampon de l'époque. Ce livre vient d'ici, il n'y a aucun doute, mais je ne peux me l'expliquer.

Aloïs s'accroche à la table. Il revoit le bonheur sur le visage de son père quand il dépliait la carte, ses gestes lents quand il feuilletait les pages, son corps figé et son âme absente quand il devait interrompre sa lecture et refermer le livre. Aloïs a subitement très chaud, puis un filet de sueur lui glace le dos. Il cherche ses mots. Il balbutie. Il doit la remercier, partir. Il desserre le col de sa chemise. Devinant l'importance du livre pour lui, la jeune femme lui dit :

– Si vous voulez, revenez dans une heure environ. Ma grand-mère sera là, elle a encore une très bonne mémoire malgré son âge et pourra sans doute vous renseigner sur ce livre.

Aloïs empoigne *Le Seigneur* et part sans mot dire.

– Je ne pensais pas que je le reverrais un jour. C'est bien lui, dit la vieille femme en le tournant et retournant entre ses doigts déformés. Elle était désespérée, il lui fallait absolument quelque chose en français. Pour le distraire, disait-elle. Je ne comprenais pas. Je la connaissais peu. Elle était déjà venue quelquefois, plutôt pour des romans policiers, mais elle n'avait pas beaucoup d'argent. Alors je mettais de côté ceux qu'elle aimait et elle venait les chercher quand elle pouvait les payer. Mais ce jour-là, c'était différent. Ce jour-là, j'ai compris qu'un livre pouvait sauver une vie. Elle était désespérée. Quand je lui ai téléphoné pour lui dire que j'avais quelque chose pour elle, elle m'a remercié peut-être une dizaine de fois. Le lendemain matin, quand j'ai ouvert le magasin, elle attendait devant la porte. Ce Tolkien illustré avec la carte de la Terre du Milieu, je l'ai trouvé dans un carton qui venait de nous être livré. Il y avait été glissé par erreur. Je n'avais jamais demandé de livre en français. Je l'avais tamponné et j'y avais inscrit le prix machinalement, comme sur les autres. Quand je me suis rendu compte qu'il n'était pas en anglais, j'ai su que je ne pourrais jamais le vendre. En français, vous pensez ! Alors, cette jeune fille qui demande absolument un livre en français, quel heureux hasard ! Je n'en ai pas parlé à ton grand-père, dit-elle en jetant un regard vers sa petite-fille, et j'ai offert le livre à la jeune fille. Elle a serré fort mes mains dans les siennes et m'a remerciée chaleureusement puis elle est partie. Je ne l'ai jamais revue.

– Savez-vous où elle habitait, quel était son nom ?

– Je ne me souviens plus de son nom. Elle n'habitait pas en ville mais à Lochcarron, je crois, encore plus loin, sur la route de Shieldaig. Comment s'appelle cet endroit ? Ah, ma mémoire des noms et des lieux… C'est terrible…

– Applecross ?

– Oui, c'est ça, Applecross.

– Pour qui voulait-elle ce livre ? Vous l'a-t-elle dit ?

– Non. Et je n'ai pas posé de questions. Elle était tellement bouleversée et heureuse de ce livre en français. « En français », elle n'avait que ça à la bouche. « Il lui faut quelque chose en français. »

– C'était en quelle année à peu près ?

– Il y a bien quarante ans. Oui, parce que quelques mois plus tard, j'ai commandé le même livre mais en anglais, bien sûr. Je l'avais trouvé si beau. Et c'est ta mère, ma petite, qui a eu le premier exemplaire, pour ses quinze ans. Oui, c'est ça. Donc, il y a peut-être bien quarante ans tout juste. Monsieur, si je peux me permettre, vous avez hérité de ce livre ?

– Oui… enfin… hérité… Je l'ai depuis toujours, il était à mon père, dit Aloïs en caressant du bout des doigts la couverture glacée qui avait étonnamment passé l'épreuve des années.

– Ah…

Confortablement installée dans un fauteuil en osier, la vieille dame hoche la tête puis, comme pour chasser une crainte ou une mauvaise pensée, se redresse en prenant Aloïs par le poignet :

– Vous prendrez bien une tasse de thé ? Emily, va mettre la bouilloire sur le feu ! Vous aimez le *sticky toffee* ? dit-elle en ouvrant une boîte en carton contenant un gâteau nappé d'une épaisse couche de caramel. Un biscuit brun, dense, pour affronter les bourrasques et les tempêtes.

Une lumière crépusculaire éclaire ses pas. Aloïs suit le filet d'eau incrusté dans le sable. L'eau avance mais pas encore au point de faire tinter la cloche de la marée.

À son retour d'Inverness, Aloïs s'est arrêté sur la plage d'Applecross, parce qu'avec le jour finissant il avait l'impression depuis la route que ce banc de sable rose dont on lui avait parlé plusieurs fois, ouvert à l'immensité, pourrait l'aider à absorber le choc. D'ordinaire, il était spectateur de ses émotions, elles ne l'atteignaient jamais profondément. Ce qu'il ressent aujourd'hui est indéfinissable. Il ne saurait dire si c'est une joie ou une peine. Il marche à grandes enjambées, les bras serrés autour de son torse.

Malgré l'épaisseur de ses vêtements, Aloïs sent le livre contre lui comme s'il touchait sa peau. Ce livre auquel son père tenait tant. Aloïs se souvient encore avec quelle délicatesse son père dépliait la carte de papier glacé, du bout des doigts, et restait longtemps à la regarder. Il se souvient comment il tournait les pages du livre après avoir lentement humecté son index. C'était le livre de son père. C'était aussi le seul lien qui ait jamais existé entre eux. Le père et le fils se parlaient peu. Toutefois, si Étienne a partagé une chose avec son fils, c'est bien cette épopée fantastique. Il était intarissable sur l'histoire de la Terre du Milieu, les Hobbits ou les cavaliers du Rohan. Ces légendes étaient sa passion, il les racontait avec force et Aloïs, dès son plus jeune âge, vivait ces récits. Ce livre l'avait toujours fasciné. Et voilà qu'aujourd'hui Aloïs découvre que ce livre réconfort, le livre maison, vient d'ici, de cet endroit où il a été appelé de manière encore inexpliquée. Il tente de toutes ses forces de trouver un sens à ces coïncidences mais sa raison l'abandonne. Son cœur, en revanche, lui souffle que ce livre a toujours appartenu à son père, qu'il a été choisi pour lui. Son père, qui n'aurait jamais mis les pieds en Écosse ni ailleurs à l'étranger, pouvait-il être cet homme dont parlait la libraire ? Son père, qui était tout sauf un aventurier ? Son père, ici, avec Heather ? C'est ce que semble lui murmurer chaque vague venant s'échouer près de lui, et l'odeur des algues abandonnées commence à lui donner le vertige.

Le soir venu, Aloïs repart, tournant le dos à la mer. Poussé par le vent du large, il remonte le sentier, éclairé par une demi-lune. L'eau a maintenant suffisamment recouvert la terre pour que la cloche des marées puisse tinter en écho à la nuit tombée.

Comme d'habitude, avant de s'endormir, Aloïs lit quelques pages du *Seigneur des anneaux*. Mais ce soir, l'histoire a changé. Comme si un nouveau chapitre s'écrivait au rythme du vent qui siffle dans les bruyères et marbre de noir le sable rose de la baie d'Applecross.

Il est neuf heures ce matin quand Johan appelle. Aloïs est parti depuis déjà trois semaines et il dit franchement à son ami qu'il n'a pas l'intention de revenir bientôt. Johan a besoin d'argent pour faire tourner la boutique et peut-être embaucher quelqu'un. Aloïs transférera de l'argent sous peu. Que Johan gère comme il l'entend. Il pourrait même s'installer dans l'appartement du quai des Grands-Augustins, s'il le souhaite. Il en a déjà les clés.

Tout en parlant, Aloïs prépare son petit déjeuner, enveloppé dans un plaid jeté sur son pyjama. Le laitier klaxonne et le facteur frappe au carreau. Aloïs se précipite, ouvre la fenêtre du salon, récupère sa bouteille de lait et son courrier. Le laitier salue, le postier aussi et dit qu'il n'a pas le temps pour un café aujourd'hui. La camionnette redémarre en trombe. Johan est toujours au bout du fil, si proche, si loin. Oui, il peut occuper l'appartement, il saura redonner vie à ce lieu.

– Tu auras de la place pour tes enfants, pour recevoir tes parents et des amis le week-end.

– Et quand tu reviendras ? lui demande Johan.

– Quand je reviendrai ?

Aloïs relève la mèche qui tombe sur ses yeux. Sur le toit du fumoir à saumon, deux goélands attendent avec arrogance la nourriture qu'il a pris l'habitude de déposer sur le rebord de la fenêtre. L'œil perçant, ils guettent, puis alertés par la sirène d'un bateau à l'approche, ils s'envolent dans un cri de défi.

– Quand je reviendrai ?

– Oui, insiste Johan.

– On verra... On... verra, murmure Aloïs, absent.

Applecross enterre ses morts sur une colline face à la mer, dans le sillon des grands vents. Une herbe courte et épaisse enserre les pierres tombales comme une écharpe de velours. Celle de Heather est un peu à l'écart, la dernière avant la falaise. Heather Margaret Jane McFerguson, 1942-2018. Née en 1942 comme mon père, mais morte quatre ans après lui. Curieusement, l'homme compare toujours les dates lues ou entendues à celles de ses proches, à celles d'événements personnels, à celles qui ont un sens pour lui. Sans doute se rassure-t-il ainsi.

Contre la tombe de Heather se trouve une stèle plus ancienne, plus petite, plantée de travers et étouffée par la verdure. La gravure n'est pas lisible. Aloïs s'accroupit et écarte les herbes : Alistair, 1970-1970. Son fils ? Al comme Alistair ? lui avait dit Eileen. Aloïs perd l'équilibre. Il se redresse et s'assied en tailleur face à la baie, aux bandes bleues de l'eau où il perçoit le son clair de l'oscillation. La cloche tinte. La marée monte. Aloïs a froid. Il se lève, boutonne son caban de haut en bas et noue son écharpe, serrée, autour de son col.

– Oui, c'était bien son fils. Un bébé prématuré qui n'a vécu que quelques semaines, en mars 1970. Le père l'avait quittée avant même de savoir.

– Un Français ?

– Pardon ? Pourquoi un Français ? Non. On ne voyait jamais d'étranger à l'époque. Enfin... je ne dis pas ça contre vous. Non... Le père, c'était un Gallois, un employé saisonnier de la conserverie qui lui avait fait miroiter qu'il resterait, qu'il l'épouserait. Finalement il est parti pour rejoindre son autre fiancée à Cardiff. C'est comme ça. Moi, je ne l'aimais pas, ce type. L'air goguenard, trop sûr de lui. Je lui avais dit de se méfier mais elle n'en faisait qu'à sa tête. Après ça, Heather n'avait pas eu d'autre homme dans sa vie. Son histoire avec ce Derek l'avait vaccinée. Ce n'est pas parce qu'elle avait eu un enfant de lui qu'elle devait ensuite rester seule toute sa vie. De toute façon, l'enfant n'a pas vécu. Elle aurait pu trouver quelqu'un. Après la mort de son bébé, elle a complètement changé. Elle s'est beaucoup occupé des enfants du village. Ils l'adoraient. Les soirs d'été, elle organisait des lectures de contes autour d'un feu, près des chaumières, avec des jeunes des alentours. Certains disaient qu'elle racontait des choses bizarres. Cela ne m'étonnait pas. Déjà quand nous étions enfants, elle inventait des histoires à dormir debout, je ne sais pas où elle allait chercher tout ça.

– Heather aimait lire ?

– Oh ça oui, elle aimait lire. Des histoires de chez nous mais surtout des histoires policières, un peu sanglantes parfois. Moi, je n'ai jamais aimé lire – je préfère les feuilletons à la télévision. Les livres, ça m'ennuie. Sauf quand Heather me les racontait. Elle racontait les histoires comme si elles étaient sa propre vie, et je les vivais avec elle. Dès qu'elle avait un peu d'argent, elle le dépensait dans les livres. Elle ne pouvait pas s'en empêcher.

C'est bizarre de dire ça mais je crois qu'elle a remplacé les hommes par les livres.

– Mais il n'y a pas de librairie dans la région ?

– Si, une librairie ambulante. Et quand elle était jeune, elle allait de temps en temps à Inverness, passage Victoria, près de la gare. C'est ce qu'elle me disait. Moi je n'y suis jamais allée. Elle faisait juste l'aller-retour en train depuis la gare de Strathcarron. Plus tard, elle s'est abonnée à un club de lecture et recevait un livre chaque mois par la poste. La lecture était devenue une drogue pour elle. C'était d'abord pour oublier son chagrin mais elle s'est trop prise à ce jeu, elle vivait les histoires, elle y perdait son identité. Je me demande si ce n'est pas venu de là, sa dépression, ou plutôt sa démence comme ils disent. Quand j'allais la voir, les derniers temps, elle ne me parlait que de ses livres. Elle se souvenait plus de ses héros que de ses voisins ou de gens qu'elle avait toujours côtoyés.

– Il ne reste plus du tout de livres dans la maison. Elle s'en était séparée ?

– Allez donc voir dans l'ancien fumoir à saumon ! lança Eileen, secouant la tête en signe d'exaspération. Moi j'aurais voulu brûler tout ça mais elle me l'avait défendu.

Aloïs n'avait pas encore exploré la maisonnette adossée aux rochers, où, d'après Eileen, tous les McFerguson jusqu'au grand-père de Heather fumaient les saumons. C'est une petite construction en briques avec un toit en tôle et une cheminée sur le côté.

Le loquet cède difficilement. La maigre lumière du jour se faufile dans l'entrebâillement. Il y a des livres partout, sur des planches au mur, dans des caisses, dans une valise ouverte, dans un berceau d'enfant. Des livres tombés comme des feuilles mortes et restés là dans le noir. Aloïs en ramasse quelques-uns au hasard. Avec un mouchoir, il essuie la poussière amassée sur une chaise en plastique, près du berceau, et s'assied. Sur un tabouret bas se trouve une tasse émaillée, à carreaux jaunes et rouges délavés. C'était son lieu de lecture, son refuge. Aloïs ferme les yeux, les livres sur ses genoux.

– Tu as donc trouvé sa tanière ?

Jim prend toute la largeur de la porte. Il se penche puis s'avance vers Aloïs qui ramasse maladroitement les livres. Il porte un long manteau en cuir râpé sur une chemise blanche et un chapeau à larges bords, entouré du ruban de tartan effiloché qui liait ses cheveux l'autre jour. On est jeudi. C'est son jour de sortie sur le « continent ». Aloïs promet de le rejoindre au pub vers dix-huit heures.

Sous le jet brûlant de la douche, Aloïs se réjouit de sortir. Il ne ressent plus cette lassitude qu'il traînait comme une fatalité avant d'arriver. Malgré tout le mystère autour de son héritage, curieusement, il n'erre plus dans un brouillard permanent, à la recherche d'une voie toujours mal tracée. Le sol est stable, les éléments le heurtent de plein fouet, sans détour, et ne lui laissent aucune chance de s'esquiver. Aloïs sait qu'il est au bon endroit et qu'il a fait le bon choix en venant ici. Il ira jusqu'au bout de ses recherches et il trouvera. Ce coin perdu des Highlands est un lieu qui ne trompe pas et qui, en quelque sorte, l'attendait. Il s'y est immédiatement senti à sa place, bien plus qu'à Paris. Il a été appelé à Applecross. Non seulement cette maison lui appartient légalement, mais elle l'a adopté dès le premier soir. En quelques semaines, il en a fait son chez lui malgré les fauteuils à fleurs et la moquette à carreaux, qu'il n'aurait jamais supportés à Paris. Peut-être parce qu'il ne voyait que la surface des choses.

Jim s'est installé près des musiciens parce qu'il est là pour la musique, pas pour les discussions de comptoir. Il est tôt et le pub est encore presque vide. Les deux musiciens s'exercent. Aloïs salue Eileen installée sur la banquette, la tête posée sur l'épaule d'un homme de son âge. Archie, élégamment vêtu d'un gilet noir sans manches, les cheveux coiffés pour une fois, lui fait signe de la main.

Aloïs est déjà un habitué. Depuis le premier matin où il avait échoué là, un peu démuni, il vient régulièrement prendre son petit déjeuner au pub. Il aime les lendemains de soirée, le vide après l'effervescence de la nuit, l'odeur du carrelage lavé, le ballet des travailleurs et puis le silence. Ces matins-là sont tous différents, avec un fond d'habitude qui rassure. Et toujours, au mur, les photos des pêcheurs du hameau qui l'obsèdent chaque fois un peu plus.

Aloïs s'attable près de Jim comme s'il le connaissait depuis longtemps. Jim lui commente les photos du village et du hameau d'Applecross, le port de pêche d'autrefois. Jim connaît par cœur la vie des maisons, des pierres, des gens et des clans. Il est capable de nommer toutes les personnes photographiées et de dater les photos. Il connaît tout de son pays. Aloïs commence à préparer des phrases dans sa tête pour l'interroger sur les McFerguson mais il a du mal à suivre le flux de paroles à moitié avalées. Il plisse les yeux pour se concentrer.

– Après-demain vers quatre heures, si tu es libre, viens sur la presqu'île. Tu pourras traverser à marée basse. Si tu veux, reste jusqu'au lendemain, j'ai de la place. Tu verras comment c'est d'avoir son îlot à soi. Tu ne sais rien d'Applecross si tu n'as pas vu la presqu'…

Jim s'arrête net. Deux hommes se sont approchés. Aloïs a reconnu les deux garde-côtes qu'il avait croisés le premier matin. Jim joue nerveusement avec les sous-verres en carton empilés sur la table.

– Tiens, Sa Majesté est de sortie ? crie l'un d'eux à l'oreille de Jim.

Le géant grimace, baisse la tête et serre les dents. Aloïs est gêné. Les musiciens commencent à jouer. Les deux garde-côtes s'éloignent en ricanant. Plusieurs groupes entrent bruyamment dans le pub. Des voix claires s'élèvent au-dessus du bruit. Jim boit une longue gorgée de bière. Il fredonne en tapant légèrement sur la table. Aloïs est lui aussi peu à peu habité par ces mélodies. Une mousse nourrissante déborde des verres. Depuis des générations, on vient s'abreuver de chants, se repaître de ces moments qui font lien. On se touche, on se serre, épaule contre épaule. Et bientôt on se lève, on danse. On frappe dans ses mains. Aloïs est emporté par la farandole. Des franges de châle lui effleurent les joues, des mains l'attrapent par l'épaule, des relents de bière et de whisky lui donnent des haut-le-cœur. Quand il parvient enfin à s'asseoir, Jim n'est plus là. Sur un sous-verre placé en évidence, il a griffonné ces quelques mots : « *See you Saturday afternoon !* » Aloïs rejoint Eileen sur la banquette, son verre à la main. Le soir, dans un pub, et encore plus un soir de concert, on ne reste jamais seul. On se rejoint, on se regroupe, on partage.

– Al, si je peux me permettre, McLeod n'est pas quelqu'un de très fréquentable. Il n'est pas de notre monde. Je ne voudrais pas que vous ayez des ennuis. J'oubliais… voici Sean, mon mari.

Aloïs avait imaginé Eileen célibataire avec son chignon bien tiré, son sourire pincé, ses vêtements d'un autre âge, sa démarche et les ouvrages tricotés qu'elle vendait dans sa boutique. Ce soir, elle a les cheveux détachés et une fleur en tissu est accrochée dans ses boucles grises. Elle porte une jupe droite en tweed, évasée à mi-mollet, et des bottines à talons. Il se dégage de Sean une joie de vivre intérieure, à peine visible. Aloïs est touché et surpris par ce couple qui semble s'aimer vraiment. Lui qui n'avait jamais imaginé que l'on puisse être heureux et encore moins amoureux si longtemps. L'exemple de ses parents ne l'avait pas aidé à y croire. Il avait compris vers l'âge de dix ans qu'il était, lui, leur fils, le seul lien qui les unissait. Ils habitaient sous le même toit et formaient une communauté de vie assez réussie, mais ils avaient depuis longtemps cessé de s'aimer. Pour Aloïs, ainsi allait le couple. Ainsi s'en était allé celui qu'il formait avec Anne. Ce soir, face à Eileen et Sean, la vie prend un autre sens au rythme des refrains celtes et sous le son perçant des cornemuses.

Une voie empierrée par endroits se dessine jusqu'à l'autre rive. Aloïs l'emprunte, en faisant attention de ne pas glisser. Il pourrait marcher sur le sable et les algues mais il a peur de s'enfoncer. Quelques centaines de mètres séparent les chaumières d'Applecross de la presqu'île. En face, en vigie sur son territoire, Jim l'attend.

– Bienvenue dans le nouveau monde ! hurle-t-il.

Les cheveux dans le vent, il lève le bras droit, une lampe torche à la main, mimant la statue de la liberté. Devant ce géant qui, ainsi déployé, ferait fuir la moindre embarcation en déroute, Aloïs ressent une sensation étrange de refuge et de liberté. Une fois sur le rivage, il gravit à la hâte les rochers en escalier pour atteindre le pâturage.

La maison est tout en longueur, avec des pièces d'habitation en enfilade jusqu'à l'écurie. La pièce à vivre a des airs de château malgré un mobilier de ferme. Des tentures cachent les murs que l'on devine décrépis par endroits. Devant la cheminée, une table en bois massif est dressée : couverts en argent, carafe à vin et deux candélabres en étain. Jim ferme vite la porte derrière Aloïs pour aller raviver le feu.

Spontanément, Aloïs va caresser le chat endormi sur le divan. Qu'est-ce qu'il lui prend ? Lui d'ordinaire si gauche, si mal à l'aise, si méfiant. D'ordinaire ou, plus tôt, avant, dans un temps qui s'éloigne comme une barque à la dérive. Avant, l'idée de se retrouver à l'écart de tout, avec un homme décrit comme peu fréquentable, l'aurait angoissé et aurait dissipé toute tentation de le suivre et de le côtoyer. Aujourd'hui, c'est une autre histoire.

Il fait à peine nuit quand ils se mettent à table. Jim sert un ragoût de mouton accompagné de pommes de terre et de navets. Le samedi est traditionnellement son jour de cuisine. Il prépare dès le matin un plat de viande qu'il laisse mijoter sur le coin du fourneau et qu'il dégustera encore le lendemain et le surlendemain.

– Si tu aimes ça, la prochaine fois on mangera du haggis, du vrai, préparé par le charcutier de Lochcarron, c'est le meilleur.

– Euh..., répond Aloïs, peu alléché par ce qu'il connaissait sous le nom de « panse de brebis farcie ». Mais ce mot « haggis », prononcé par Jim avec fierté, a tout l'air de désigner un mets royal.

La presqu'île est plongée dans un brouillard aux mailles serrées ne laissant passer aucun signe de vie. Quelques kilomètres carrés de prés, de tourbe et de rochers, cinquante moutons et deux hommes soustraits au reste de l'humanité.

– Tu vois, c'est ça, l'avantage de la presqu'île. Tu arrives à pied, ou en barque si tu en as une. Après, le rideau se tire tout seul. Brouillard. Personne n'est là à t'épier ou à te faire des signes soi-disant amicaux à travers les carreaux.

La couleur du whisky fait écho à celle du feu dans la pièce mal éclairée. Jim chauffe son verre dans ses mains pendant un long moment.

Sous l'effet du Glen quelque chose, *single malt*, 12 ans d'âge, Aloïs s'enfonce dans les coussins du canapé. Une chaleur intérieure empourpre son visage. Au fur et à mesure de la conversation, Aloïs parvient à mieux cerner le personnage de Jim. La presqu'île lui appartient. Elle a été longtemps occupée illégalement par des gens du village qui y faisaient paître leurs moutons, puis par des jeunes fêtards qui avaient mis le feu aux écuries. Quand il a voulu la reprendre de droit, Jim a dû livrer bataille. Jim n'est pas un vagabond, comme son accoutrement pourrait le laisser croire. Il appartient à un clan riche et influent qui l'a mis de côté parce qu'il refuse de ressembler à un lord ou à un comte. Ce qui l'intéresse, ce ne sont pas les châteaux, les yachts ou les Bentley, mais la terre et les bêtes. Et il n'était pas question qu'il renonce à ses droits, à ce morceau de roche brute et sauvage. Il a donc demandé sa part avant de couper les ponts avec le clan. Il possède aussi tout le hameau d'Applecross, l'ancien village de pêcheurs, et un domaine dans la vallée de Torridon, le long de la petite route qui mène à Inverness.

Jim a toujours été attaché à Applecross car c'est là qu'il venait pêcher avec son grand-père, cet aïeul fantaisiste qui préférait ce hameau perdu à ses grands domaines et qui eut l'idée de faire installer la cloche des marées. Jim ne pourrait pas vivre ailleurs. Les tempêtes, aussi violentes soient-elles, n'ont jamais pu l'éloigner de la terre de ses ancêtres. Aloïs, lui, n'a jamais connu d'attachement à un lieu. Pourtant, ce soir, au-delà des paroles de Jim qu'il ne saisit pas toujours bien, il comprend. Le hasard l'a fait naître à Paris et, comme le vent ne l'a pas poussé plus loin, il y est resté. Jusqu'à la lettre d'Inverness. Aujourd'hui, quelque chose d'inexplicable, plus profond même que la volonté de percer le mystère, le retient sur cette terre écossaise.

De bonne heure le lendemain, après une visite au troupeau, Jim et Aloïs s'attablent pour le petit déjeuner. À peine ont-ils terminé qu'un air de clavecin se fait entendre en provenance de la baie. La marée monte. Aloïs a le choix : partir dans quelques minutes ou attendre le soir. La nuit a été sèche et le ciel est clair. Ce serait sans doute mieux de traverser maintenant. Jim disparaît aussitôt dans l'arrière-cuisine et revient avec une cassette en métal, piquetée de rouille.

– Voilà ce que Heather m'avait laissé avant qu'on l'emmène à l'asile. Je ne l'ai jamais ouverte, je ne me mêle pas des affaires des autres.

Jim sait quelque chose. Aloïs l'avait pressenti, mais il repousse encore le moment d'en parler. Sa timidité, son éternelle indécision le retiennent de demander à Jim ce qu'il sait sur Heather et son passé, et, forcément, sur l'héritage. Il est tiraillé entre l'envie de savoir et la peur de découvrir la vérité, et il commence à se dire que, finalement, s'il ne sait rien, qu'importe. Il est heureux ici, c'est l'essentiel et, pour le reste, il s'en remet au hasard.

– Allez, file, si tu ne veux pas avoir la marée aux trousses.

À l'intérieur de la cassette, il y a un sac en velours grenat, serré par un ruban. Et, dans le sac, un cahier à spirales avec une étiquette d'écolier sans nom. Tremblant, Aloïs ouvre le cahier et découvre ces fragments griffonnés avec hésitation, à l'encre bleue, en français :

Mercredi 9 avril 1969

J'ai mal, j'ai froid et je pense à Esther, ma nourrice, ma mère. Je survivrai.

Vendredi 11 avril 1969

La fille est revenue. Elle est jolie mais elle est un peu folle. Elle chante plus qu'elle ne parle. Elle a des yeux qui brillent dans la pénombre, un regard qui électrise, une peau nacrée qui m'attire. Je crois qu'elle parle toute seule ou avec des êtres invisibles. C'est une drôle de créature. J'ai peur d'avoir des ennuis.

Dimanche 13 avril 1969

Personne. Elle ne peut pas venir tous les jours, ça paraîtrait bizarre. Je me dis ça pour me rassurer. Elle reviendra. Elle ne peut pas me laisser. Je ressens un manque d'elle, c'est idiot, je la connais à peine.

Cet après-midi, j'ai entendu aboyer au loin. J'ai eu peur d'être découvert. Je me suis enfoui sous les couvertures pour cacher mon odeur.

Lundi 14 avril 1969

Je me suis traîné jusqu'à la porte et j'ai vu un arc-en-ciel. Autant dire que je n'en avais jamais vu avant. Je distinguais nettement toutes ses couleurs et il encerclait la presqu'île. Une auréole de paix autour de cet endroit maudit. J'ai mal.

Mardi 15 avril 1969

Elle est venue ce matin, avec des bandes neuves, de la pommade et des médicaments. Elle insiste pour que j'écrive chaque jour sur ce cahier. Mes souvenirs, n'importe quoi, ce qui me passe par la tête. Il faut toujours laisser une trace, me dit-elle. Moi ? Laisser une trace ? Elle ne se rend pas compte. Si elle savait... Je n'ai pas le droit de laisser une trace. Et ce que je redoute le plus, ce n'est pas qu'ils me trouvent ou trouvent mes écrits, mais qu'elle les lise. C'est idiot car, de toute façon, elle ne comprend pas le français.

Mercredi 16 avril 1969

Elle m'a apporté de la nourriture dans des boîtes et de la soupe qu'elle a réchauffée sur le camping-gaz. Elle m'a fait boire du thé avec beaucoup de lait. Ma lèvre commence à guérir. Comme les garde-côtes passent les lundis et les jeudis, elle ne vient pas ces jours-là. Je la regarde s'éloigner. Je caresse du regard les courbes de sa silhouette. Elle commence à m'envoûter.

Samedi 19 avril 1969

Ce matin, j'ai essayé de marcher. J'ai eu très mal. J'ai avalé deux comprimés. Et j'ai sombré. Quand j'ai émergé, je ne sentais plus mes jambes. J'ai eu peur. Et puis c'est revenu.

Lundi 21 avril 1969

Elle veut faire venir un médecin. Pas question. Elle insiste. On verra.

Mardi 22 avril 1969

J'aurais dû rester une nuit à Stornoway. Personne ne me connaissait, j'étais toujours au phare, sauf ce soir-là. J'aurais pris une chambre à l'hôtel comme randonneur ou observateur d'oiseaux (il y en a beaucoup là-bas) et le lendemain, j'aurais embarqué sur le premier ferry.

Mais j'étais trop impatient et j'avais peur. J'ai saisi cette embarcation qui m'a perdu. Je ne me doutais pas que ce bras de mer était si dangereux... Tiens, ça y est, la cloche sonne, la marée monte. Maudite marée! Maudite cloche qui m'a brisé les jambes!

Mercredi 23 avril 1969

Elle m'a apporté une carte. Je sais maintenant où je me trouve, à Applecross, quelque part dans l'ouest de l'Écosse. Elle est fatiguée. Elle est tisseuse de tweed, exploitée par un petit patron. Elle me dit qu'elle a un amoureux, un Gallois, mais il n'a pas l'air de se soucier beaucoup d'elle.

Je voudrais qu'elle arrête de venir, c'est trop risqué pour elle, mais je n'ai pas assez de mots en anglais pour lui faire comprendre.

Vendredi 25 avril 1969

Hier j'ai entendu des bruits de moteur et des voix sur la plage mais pas trop près. Est-ce qu'elle n'a vraiment rien dit à personne ? Je n'ai pas d'autre choix que de lui faire confiance. Elle est ma seule chance.

Samedi 26 avril 1969

Elle n'est pas venue depuis trois jours. Je vais sans doute mourir ici. J'arrive à me faire bouillir de l'eau et à me laver le visage mais mes réserves de nourriture diminuent. Personne depuis trois jours. Que des ruines, des maisons abandonnées, et cette île en face qui me nargue, avec ses rochers de misère !

Lundi 28 avril 1969

Je commence à avoir faim et je n'ai plus beaucoup de vivres ni de médicaments. Je dors mal, je me réveille la nuit, angoissé, souffrant. Des vagues froides, tourbillonnantes m'emportent. Je hurle, quelque chose m'attire au fond puis me repousse. Mes yeux brûlent, je suis hors de l'eau. Quelque chose de doux m'effleure. Elle me prend par les deux bras et me tire vers l'arrière. Elle va m'arracher les bras. Mes paupières se tendent, se soulèvent. Il y a quelqu'un. Un arc de lumière me traverse. Je suis vivant. Je lui dois la vie.

Mardi 29 avril 1969

Je ne l'attendais pas, on est mardi, le jour de passage des garde-côtes, elle m'avait dit qu'il fallait se méfier de ces hommes-là. Elle est arrivée sans rien dire, s'est assise, m'a tendu le sac à provisions et elle a pleuré. Il est parti, le salaud, celui qui promettait le mariage ! Il avait une autre fille, là-bas, au Pays de Galles. Elle ne le savait pas, elle l'a appris hier soir.

Jeudi 1er mai 1969

Un mois. Un mois déjà, un mois seulement que je suis ici, blessé mais vivant. Est-ce court ? Est-ce long ? Le temps a-t-il encore seulement de l'importance ? Je suis arrivé le 1er avril, comme une farce. Mort au large des Hébrides extérieures, échoué sur une plage à Applecross, ramené à une presque vie par une négligence du sort, par une fille qui marchait seule, le soir, à marée basse, près d'un hameau abandonné. Voilà ce que je suis. Un corps disloqué, une âme morte. Disparu pour de bon, Élie le contrebandier malgré lui, Élie le fils de personne, Élie le raté. Je suis fini.

Vendredi 3 mai 1969

Elle m'a apporté des couvertures et des vêtements propres. Elle veut que je m'installe chez elle. Elle vit seule dans la maison de ses parents, décédés il y a quelques années. J'ai dit oui sans réfléchir, tellement j'ai besoin d'avoir quelqu'un près de moi. C'est idiot.

Dimanche 5 mai 1969

Elle est venue ce matin après l'office. Le pasteur de la ville voisine va nous aider, il va me transporter chez elle. Et si ce n'est pas assez sûr, il a une autre idée. On peut lui faire confiance, dit-elle. Il enverra un médecin. Elle va me soigner. Elle a repris le dessus après le départ de son Gallois. Il le faut, dit-elle. Elle est sincère, je le sens. Elle m'adresse un regard entier. Pas calculatrice pour deux sous. De toute façon, je n'ai pas le choix.

Lundi 6 mai 1969

Ils viendront me chercher après-demain, elle et son curé, c'est décidé. J'ai hâte et j'ai peur à la fois. Et si c'était un piège ? De toute façon, je n'ai pas le choix.

C'est la dernière page lisible du cahier. Aloïs tourne et scrute nerveusement les suivantes mais ne peut rien déchiffrer. Les lignes se chevauchent. Les feuilles sont gondolées, l'encre s'est noyée. Élie, Esther. Qui sont ces gens ? Aloïs ne reconnaît pas l'écriture. Il espérait des indices à défaut de révélations, mais il ne fait que s'enfoncer dans une jungle inextricable sans voir poindre le jour à l'horizon. Il se surprend à se chercher à tout prix des liens avec cet homme, un passé, une histoire, d'après des signes qu'il interprète à sa manière. La fatigue le gagne et brouille son esprit. Il réexaminera le papier demain. Peut-être y découvrira-t-il quelque chose en filigrane. Il lâche le cahier et s'endort sous le halo de la lampe de chevet.

Cette terre l'embrasse comme si elle avait attendu longtemps sa venue. À Paris ou en Normandie, Aloïs n'aimait pas marcher. Il ne marchait que pour se déplacer d'un endroit à un autre. Une fois arrivé à destination, il se complaisait dans l'immobilité, assis à la terrasse d'un café ou allongé sur la plage. Les lieux étaient un décor, une toile de fond dont il avait à peine conscience. Dans les collines désertes, percées de lochs jusqu'à l'infini, il n'y a pas de but, de départ ou d'arrivée. Seulement ce paysage qui prend au corps. Une terre que l'on habite pour entendre son souffle, vivre à son rythme et peut-être lui confier un peu de soi.

Pour mieux connaître sa terre d'adoption, Aloïs s'est mis à marcher, sans but, juste parce que ses pas le portent là, parce que le vent le pousse de ce côté. Parfois la trace finit dans l'herbe rase, parfois près d'une clôture. Aloïs fait demi-tour mais il n'est jamais déçu.

Ce matin, dans la vallée de Torridon, Aloïs longe le ruisseau. Il suit le sentier du loch Coire, le seul qui se présente à lui et monte vers les cimes. Aucun doute. Aucune intersection. Une seule voie possible. Quand Aloïs se retourne, il voit la rivière et, à l'horizon, un triangle de mer qui s'élargit au fur et à mesure de son ascension.

Esther.... ou Estelle ? Non, c'était bien Esther. La nourrice du naufragé et aussi... C'était un mercredi matin. Il devait avoir huit ou neuf ans. Il se revoit à l'entrée de sa chambre, pieds nus sur le parquet, dans son pyjama en velours. Son père le frôle avant de sortir précipitamment, vêtu d'un costume noir. Sa mère lui dit que son père se rend à un enterrement. À l'enterrement d'Esther. Ses parents avaient prononcé ce prénom, le soir même, et plus jamais par la suite. Son père, comme l'homme qui a écrit le journal, a eu une Esther dans sa vie. Les yeux levés vers les crêtes, Aloïs tente de faire ressurgir d'autres images ou d'autres noms, mais la lande scintillante à perte de vue ne le ramène qu'à la magie de l'instant présent.

Cette terre est un enchantement. Aloïs marche depuis des heures maintenant. Avec plus de verdure, ce paysage pourrait être celui de la Comté, du pays des Hobbits dans *Le Seigneur des anneaux*. Un paysage vallonné, gorgé d'eau, qui enveloppe et rassure. D'après la carte, Aloïs est encore loin du loch Coire. Dans ses jumelles, il perçoit le chemin qui continue en pente douce, avec des cairns à chaque tournant jusqu'à la crête. Il ne pourra pas aller au bout et revenir avant le coucher du soleil. Il s'assied sur une pierre. De son sac entrouvert sort la lettre à Johan qu'il a oublié de poster. La lettre où il lui donne procuration pour toutes les affaires de la librairie à Paris. Une première étape dans ce qu'il pressent déjà comme une autre vie. Une lettre avec un timbre à l'effigie de la reine d'Angleterre, comme ceux qu'il collectionnait dans son album, dernière pièce fabriquée par sa mère avant que son atelier ne soit annexé à la boutique de son père sans qu'elle n'ait eu son mot à dire. Elle ne disait jamais rien, et son mari prenait toujours son silence pour un acquiescement. Ces petits timbres anglais étaient tous les mêmes. Aloïs les revoit nettement dans son album. Son père lui en apportait souvent sur des morceaux d'enveloppe. Le garçonnet les décollait à la vapeur puis les faisait sécher au-dessus du radiateur. Il préférait les timbres africains, avec des dessins d'éléphants et de girafes, que son père avait trouvés dans un cabinet à secrets. Ce petit timbre anglais était pour lui insignifiant. Mais aujourd'hui, au creux des montagnes de Torridon, il prend une autre dimension. Son père recevait régulièrement du courrier du Royaume-Uni. Esther, le timbre, *Le Seigneur des anneaux*. Aloïs trouvera-t-il un jour le fil qui les relie ?

Aloïs n'atteindra pas le loch Coire aujourd'hui. Il doit rebrousser chemin. Il se rapproche de la cascade et du point de départ. Le triangle de mer à l'horizon se confond maintenant avec le ciel. Il s'amuse à essayer de reconnaître les formes des nuages comme il le faisait, enfant, à l'arrière de la voiture familiale, en particulier le premier jour de juillet, quand son père les conduisait, sa mère et lui, sur la côte normande pour l'été. Son père tenait à partir de Paris très tôt pour éviter les embouteillages et il était toujours de mauvaise humeur car sa mère avait toujours oublié quelque chose. À peine engagé sur les grands boulevards, il devait faire demi-tour pour revenir chercher un produit de toilette, une paire de chaussures ou bien les sandwichs laissés sur la table de la cuisine. Pendant le trajet, il ne disait rien. On n'entendait, venant de lui, qu'un souffle court et quelques raclements de gorge. Aloïs revoit nettement le visage de son père, avec ses pommettes hautes, son menton en pointe et la mèche de cheveux raides qui tombait sur son front. Une présence qu'il ressent aujourd'hui avec force, dans les plissements des roches et le mouvement de l'eau des lochs.

Pour rentrer chez lui, Aloïs emprunte, confiant, la route étroite et sinueuse qui l'avait effrayé à son arrivée. La baie où s'étale la lumière du soir est devenue son milieu naturel et il prend peu à peu corps avec cette nouvelle géographie.

Ce soir, Jim vient dîner chez lui. Aloïs aime la compagnie de Jim. Il ne l'a pas revu depuis sa visite sur la presqu'île. Aloïs a relu plusieurs fois le cahier du naufragé. À part Esther et les timbres, sa mémoire n'a rien voulu lui dévoiler, mais il a bon espoir d'avancer. Même s'il faut du temps et même s'il s'égare, il finira par trouver ce qui l'a véritablement amené ici. Cette certitude le grise et l'inquiète à la fois.

Jim a la tenue des grands soirs : chemise à l'encolure froncée, d'où sortent quelques poils roux, et son intemporel manteau en cuir, sa deuxième peau. Le gaillard hésite à entrer franchement dans la maison. Il aimait bien Heather. C'était un être attachant, surprenant, presque surnaturel. Quand ils étaient ensemble sur la berge, près des chaumières, elle regardait toujours au loin, guettant un signe venant du large. Elle se promenait souvent sur la plage. Depuis la presqu'île, par temps clair, Jim la voyait marcher telle une funambule, pieds nus dans les filets d'eau qui creusaient le sable à marée basse, les bras écartés pour tenir l'équilibre. Et toujours elle chantait. Des chansons de marins, qui racontaient des histoires sans lendemain. Puis elle repartait, contournait la crique et disparaissait dans le petit bois de bouleaux.

– Tu devrais aller à l'hospice.

– Où ça ?

– Là où elle a fini ses jours, à Inverness, aux Daffodil Gardens. Dans ses délires, elle a peut-être dit quelque chose à quelqu'un.

Aloïs raconte à Jim ce qu'il a lu dans le journal du naufragé. De l'autre côté de la rue, la marée revient. Les bateaux du port flottent déjà et les rouleaux frappent le parapet. Les deux hommes écoutent ensemble les bruits du dehors. Jim se confie à son tour. Il parle d'Alice, à voix basse, dans un souffle saccadé. Alice est sa raison d'être sur le continent quand les bateaux s'éloignent du port. Elle est mariée à un capitaine de marine qu'elle ne quittera pas, et c'est très bien ainsi. Jim n'a jamais voulu s'engager auprès d'une femme. C'est compliqué et trop douloureux. Ces choses-là, c'est l'instant présent et rien de plus. Quand ça commence à se conjuguer au futur, c'est là que ça se corse, dit-il. Alice est une douce escale à l'abri de la tempête et de l'usure du temps. Aloïs, quant à lui, rêve toujours d'une histoire sans fin. Celle qu'il avait cru vivre avec Anne est loin maintenant, imperceptible. Et il se plaît à penser que l'air d'ici, qui tourne les pages et révèle les secrets, pourrait aussi lui apporter un amour vrai. Jim ne fait pas confiance au destin ; il lui a joué trop de mauvais tours. Ils continuent de parler ainsi pendant un moment puis le silence s'installe. Un silence qui, mieux encore que des paroles, traduit leurs pensées et les rapproche.

Au moment de partir pour rejoindre sa fidèle infidèle, Jim tape amicalement sur l'épaule d'Aloïs et le regarde droit dans les yeux.

– N'oublie pas, Daffodil Gardens. C'est important. Dernière route à gauche avant le pont, tu ne peux pas te tromper.

Sur les hauteurs d'Inverness, la Ford blanche, qui a remplacé la Fiat rouge du début pour une location de longue durée, suit une allée bordée de bruyères, dont la seule issue est une bâtisse en granit à l'allure de manoir : un ancien sanatorium.

À l'accueil, l'infirmière devine le malaise d'Aloïs. Il cherche ses mots et évite de la regarder. Elle lui dit qu'elle a l'habitude, que les visites, ce n'est pas facile. Aloïs lui explique qu'il ne vient voir personne. Il voudrait juste savoir si elle a connu Heather Margaret Jane McFerguson. Elle sourit. Elle ne la connaissait pas sous ce nom à rallonge. Ici, c'était Heather tout simplement.

– On se met à leur portée. Vous ne le savez peut-être pas mais, pour certains, retenir un prénom, même le leur, c'est déjà beaucoup.

– Bien sûr, dit Aloïs, gêné, sentant une pointe de reproche dans l'attitude de cette femme qui semble se demander ce qu'il vient faire là, maintenant. Évidemment, j'arrive trop tard, pense-t-il. Comment pourrait-il en être autrement ?

– Je vais appeler Astrid, la personne qui s'occupait d'elle. Elle vous rejoindra dans le jardin.

Le jardin n'a plus de fleurs et les parterres ont été recouverts d'écorce pour passer l'hiver. L'étroite vue sur le loch Ness est la seule image du monde au-delà d'une ligne de bosquets dévoilant, par endroits, un cordon de barbelés. Aloïs tente d'effacer en lui le sentiment d'enfermement qui le gagne par les images des collines et des plages de ce pays dégageant une ouverture infinie, quand il voit s'arrêter devant lui un vieil homme, coiffé d'un bob en cuir, appuyé sur une canne. L'homme scrute son visage puis se met subitement à trembler, pris de panique :

– *Hey, Frenchman, what are you doing here? Are you crazy? Go away!* dit-il furieux, en agitant sa canne.

Aloïs pâlit, se lève et avance tel un automate. L'homme le poursuit, brandissant sa canne. Il est alerte pour son âge. Aloïs commence à courir. L'homme est à ses trousses. Il frappe avec sa canne la chaussure d'Aloïs.

– *Go away!* Partez ! Partez ! *Straight away!* Pas ici !

Une porte claque. Une femme en blanc se précipite et attrape le vieil homme par le bras.

– J'arrive, monsieur, excusez-le ! lance-t-elle en direction d'Aloïs. Je le raccompagne et je suis à vous.

Le vieil homme a tout juste le temps de murmurer à Aloïs :

– *Be careful!* Attention ! À l'église, vite !

Aloïs chancèle. Il sait qu'il est « le portrait de son père ». C'est ce que disaient toujours les voisins, les amis, surtout Tom, son parrain, et cela l'exaspérait. Assis sur un banc, il tente de se concentrer sur l'instant présent en fixant le réverbère près du kiosque à musique jusqu'au retour de l'infirmière.

– Je suis désolée pour Stuart. N'en tenez pas compte. Il n'a plus de paroles sensées. Les médicaments et les exercices n'y font rien, il est dans un autre monde. Il ne faut pas lui en vouloir. Quand on pense à ce qu'il était avant, à ses sermons.

– Ses sermons ?

– Oui, c'était le pasteur de Lochcarron. Mais vous n'êtes pas venu pour Stuart, je crois. Je ne me suis même pas présentée. Astrid, aide-soignante de Heather jusqu'à son dernier souffle.

– Pasteur de… Excusez-moi… Aloïs. Je suis… un parent éloigné de Heather.

– Vous êtes… français ? Stuart avait vu juste ! dit-elle dans un éclat de rire.

Face au désarroi d'Aloïs, elle se ravise aussitôt :

– Excusez-moi, je plaisantais, ça fait du bien de temps en temps.

– Oui…, je… oui, je suis français. Bien sûr, avec mon accent…

– Vous n'êtes…

– Non, je ne suis jamais venu la voir. J'ignorais… Enfin, voilà, j'ai hérité de sa maison, je ne sais pas pourquoi, je ne la connaissais pas, je n'ai aucun lien avec l'Écosse, mais elle m'a légué son bien. Je ne sais pas… Je… Je voudrais juste savoir comment elle était, si elle avait évoqué avec vous…

Astrid fronce les sourcils et regarde longuement Aloïs dans les yeux puis l'invite à marcher. Leurs pas crissent sur l'allée gravillonnée. Elle lui dit que Heather était à un stade déjà avancé de la maladie quand elle est arrivée aux Daffodil Gardens. Très vite, elle n'a plus été capable de raconter sa vie en quelques mots, de nommer ses proches – essentiellement son amie Eileen et son mari – et d'associer des objets à des fonctions simples. En revanche, elle chantait souvent et lisait, même si elle ne retenait pas ce qu'elle lisait. Il lui fallait toujours une pile de livres sur sa table de chevet. Et elle mettait toujours le même sur le dessus de la pile : *Le Seigneur des anneaux* de Tolkien.

– En anglais ? demande brusquement Aloïs.

– Évidemment ! répond Astrid, en poursuivant aussitôt. Pourquoi ce livre ? Personne n'a jamais pu le savoir. Elle n'en parlait jamais, mais il lui fallait près d'elle cette œuvre devenue intellectuellement hors de sa portée. Je lui ai proposé de lui lire des passages, elle n'a jamais voulu. Elle nous interdisait d'y toucher. Elle a même failli étrangler une collègue qui voulait le ranger. Nous n'avons rien dit à nos supérieurs, sinon ils l'auraient mise en cellule. Nous faisions attention de lui laisser ce livre, et tout se passait bien. Elle n'a jamais eu d'autre accès de violence. Gardez cela pour vous, je n'aurais pas dû vous en parler... Vous semblez touché par ce que je vous dis et sincère dans votre démarche. Sachez que Heather n'a jamais évoqué devant moi quoi que ce soit en lien avec la France ni avec aucun Français. Je suis désolée.

– Où sont ses livres ?

– C'est Stuart qui les a gardés. Il connaissait bien Heather. Ils étaient très liés tous les deux, cela les a aidés au début mais, depuis la mort de Heather, l'état mental de Stuart n'a fait qu'empirer. Heureusement, il est encore solide physiquement.

– Pourrais-je lui rendre visite ?

– Vous voulez récupérer les livres ?

– Non, juste lui parler.

– Je vois… C'est possible mais pas aujourd'hui, il a des rendez-vous qui le fatiguent. Le mardi ou le mercredi après-midi, ce serait l'idéal. Vous pourriez prendre le thé avec lui. Mais méfiez-vous, il peut être adorable ou très agressif. Vous en avez eu un aperçu tout à l'heure.

Aloïs n'a jamais parlé à d'autres personnes âgées que son père et encore moins à des personnes mentalement déficientes. Dans ce contexte et en anglais, ce sera encore plus difficile, mais il se sent prêt. Les paroles de cet homme retentissent fort en lui. Aloïs a cru, lui aussi, le reconnaître ou, plutôt, reconnaître en lui quelque chose d'insaisissable qui l'aurait déjà traversé.

C'est sa deuxième visite. La première fois, Stuart a dormi tout le temps. Aloïs est resté à son chevet, guettant son réveil. Il a été tenté d'ouvrir les tiroirs de la commode et de prendre un livre sur l'étagère mais quelque chose l'a retenu. Il n'a pas bougé et, au bout d'une heure, il est parti.

Cet après-midi s'annonce différent. À peine sorti de sa voiture, Aloïs aperçoit Stuart dans le jardin. Le vieil homme l'accueille avec un sourire franc et un regard clair. Stuart commence à parler. Il fait des efforts pour être compris, détache bien les syllabes mais il déforme les mots et ses paroles sont décousues.

Stuart parle à Aloïs comme s'il voulait le rassurer. Il lui dit qu'il n'a rien à craindre, que personne ne viendra le chercher ici. À plusieurs reprises, Stuart met la main sur l'épaule d'Aloïs.

Aloïs ne dit rien et se glisse dans la peau de celui que Stuart croit reconnaître en lui. Un Français. Un homme blessé. Un homme recherché. Élie. Stuart l'a nommé. L'homme qui a écrit le journal. L'homme qui avait pour nourrice Esther. Stuart est le pasteur dont il est question dans le journal. Les premières pièces du puzzle sont là. Stuart remarque sa stupeur. Il lui prend le bras. Stuart lui dit que Dieu lui pardonnera, qu'on a tous une seconde chance.

Qu'a donc fait cet homme, ce naufragé ? se demande Aloïs. Il ne dit rien. Il se contente d'écouter l'ancien pasteur, de laisser venir à lui les bribes d'une histoire échappée d'une mémoire évanescente, pour ne pas effrayer le vieil homme ou peut-être par crainte d'une vérité trop brutale.

Aloïs se rend maintenant régulièrement aux Daffodil Gardens. Le mercredi après-midi, quand tout va bien, pour Stuart il est Élie, le bandit blessé, échoué à Applecross une nuit de tempête, en route pour un ailleurs encore flou, et recueilli par Heather. Aloïs ne veut rater ce rendez-vous sous aucun prétexte. Parfois, Stuart ne le reconnaît plus du tout et le chasse. Parfois, il est trop fatigué pour parler et s'assoupit, mais Aloïs reste près de lui, bercé par le sifflement de sa respiration. Il a autant besoin de sa présence que de ses paroles. Stuart est son fil d'Ariane. Pour connaître la vérité, Aloïs doit le suivre dans son monde, à son rythme.

Cet après-midi, quand Aloïs entre dans la chambre, Stuart est occupé à éparpiller des livres sur son lit. Le vieil homme ne se retourne pas et commence à parler. Dans des propos incohérents, il évoque un cabanon, trop dangereux, une vieille église avec une sacristie – plus utilisée, pas de risques, moi seul en ai la clé et ils vont tous à la nouvelle église maintenant –, un livre de prières, d'autres livres, le *Seigneur*, une adresse en France – il faudra bien prévenir quelqu'un.

– Un journal, mais c'est bien trop risqué ! Si on venait te chercher, il faudrait s'en séparer, le cacher. Ah, elle a eu une bonne idée en t'incitant à écrire ça ! Je me demande où elle a la tête. Toujours ses idées saugrenues. Toujours comme ça, jamais comme les autres. Déjà, enfant, elle était toujours dans la lune, dans ses histoires. Elle n'a pas grandi. Enfin, elle t'a quand même sauvé la vie. C'est toujours pareil avec elle, on ne peut jamais lui en vouloir… Et puis, c'est pour ton bien, pour t'occuper l'esprit. Mais fais attention avec ce carnet, ne le laisse pas traîner. Elle t'a dit où il fallait le ranger, n'est-ce pas ?

– Oui, elle me l'a dit.

– Et où ça ?

– Je…, dit Aloïs. Je ne sais plus, dans…

– Quelle tête en l'air, toi aussi ! Ah, il est beau, le pirate ! Pas étonnant qu'il ait échoué : pas dégourdi. Vous vous êtes bien trouvés, Heather et toi. Si je n'étais pas là, il y a belle lurette que vous seriez coffrés tous les deux. D'ailleurs, ne reste pas ici. Ce presbytère, c'est un vrai hall de gare. J'ai une réunion avec les dames du comité de charité dans quelques minutes. Si jamais elles te voient… Retourne vite à la sacristie en longeant le loch et en contournant l'église. Côté loch, tu entends ! Rase le mur et faufile-toi à l'intérieur sans bruit ! Quelle idée d'être venu, tu ne vois pas que ça grouille de monde !

Aloïs sort et salue les infirmières dans le couloir. Derrière la porte, dans le monde de l'ancien pasteur, les discussions vont bon train avec les dames du comité de charité. Aloïs sourit et part en rasant les murs de l'établissement.

De retour à Applecross, Aloïs sort le cahier de la cassette que Jim lui avait donnée et relit le journal du naufragé. Au loin, la cloche sonne la marée. Aloïs a froid, il déroule le col de son pull jusqu'à couvrir son menton. Deux silhouettes pressent le pas dans la rue. Les cris stridents de goélands se mêlent à l'agitation des vagues. Des voix d'hommes s'élèvent. Des voitures ralentissent, font demi-tour ou s'arrêtent, les phares s'éteignent, les cigarettes s'allument sous le réverbère. Il y a une soirée au pub. Ça tombe bien, Aloïs a besoin de se changer les idées.

Toutes les places assises sont prises. Des gens sont installés sur les rebords des fenêtres, d'autres assis sur les tables. Presque tous des jeunes. Un autre public que celui des soirées gaéliques. Aloïs se fraye un passage vers un coin du bar. Archie lui fait remarquer en riant qu'il s'est trompé de jour, que c'est aujourd'hui la soirée des gamins. Les musiciens ont vingt ans à peine. Ils sont de la région mais ils chantent en anglais. Il en faut pour tous les goûts, pour tous les âges. Assis sur un tabouret, Aloïs savoure sa bière. Pendant qu'Archie remplit les verres en laissant élégamment déborder la mousse, Aloïs se répète les écrits d'Élie le naufragé, Élie le banni, le blessé. Élie le Français, caché tout près d'ici, peut-être même dans sa maison, sous son toit. Et, si ce toit, c'était à Élie qu'il le devait ? Aloïs s'est attaché à ce qui lui appartient à Applecross. Il semble que l'appartement parisien de son père lui appartient moins que cette maison, que Paris l'a laissé partir pour qu'il rejoigne son véritable pays : cette maison, ce village, ces terres, ces lochs, ces routes tortueuses, ce littoral dentelé de roche et de limon, ce ciel qui ressemble à la palette d'un peintre, l'accent des habitants et la chaleur tourbée qui s'échappe des cheminées.

Aloïs échange quelques mots avec Archie, trop occupé avec une foule agglutinée au bar. Aloïs reviendra un autre jour, pour discuter.

Dehors, un homme est assis sur le rebord du quai, face à la mer, sous le réverbère. L'eau est lisse et figée, le vent s'en est allé et le froid est tombé.

Sentant une présence derrière lui, l'homme se retourne puis regarde à nouveau la mer :

– C'est rare de voir une mer aussi calme, dit-il. On se demande toujours ce qu'elle nous réserve, ce qu'elle va nous jeter à la figure. C'est toujours dans ces moments-là que les choses remontent à la surface. Les choses ou les hommes. Les caisses, les vieux bidons jetés par-dessus les bateaux, ou les corps. C'était une mer d'huile aussi quand on l'a découvert. J'y pense toujours quand je vois cette mer, comme ça. Je ne l'ai jamais dit à personne mais à vous, je peux le dire, vous n'êtes pas d'ici. Un jour, avec mon père, on a trouvé un corps au large. Un corps avec plein de billets de banque dans des sacs en plastique accrochés à la taille. On a eu peur. Peur qu'on nous accuse ou je ne sais quoi. Alors, après l'avoir repêché, on l'a rejeté par-dessus bord. Il valait mieux. On aurait eu plein d'ennuis si on l'avait ramené. C'est ce que mon père a dit. Sur le moment, je n'ai pas réagi. J'étais jeune et mon père était plutôt du genre autoritaire. La nuit suivante, j'ai fait des cauchemars. J'ai rêvé que le type était vivant, qu'il suffoquait et s'effondrait sur une plage abandonnée. Des peurs de gosse… mais des peurs qui remontent à la surface de temps en temps… comme les corps… Quand je vois cette mer…

– Ce corps… enfin… ce… cet homme…, balbutie Aloïs. Il ressemblait à quoi ?

– Il était jeune, un visage maigre, la peau tirée, les pommettes saillantes, et des cheveux longs. Il était mort de toute façon. Enfin c'est ce qu'on pensait. Enfin, lui, mon père pensait… Il pensait… vous voyez… qu'il n'était pas net, ce type, avec tous ces billets, là, en mer, qu'il valait mieux ne pas en parler. Il était mort, le type, de toute façon, c'est certain… Il n'y a pas à se poser de question. On a tout laissé, le corps, les billets ; de toute façon c'était trop tard et on aurait eu des ennuis.

Aussitôt l'homme se lève et disparaît dans la nuit, la tête dans les épaules, honteux, avant même qu'Aloïs ne puisse faire un geste pour le retenir.

Tout d'abord, il ne voulait pas se rendre seul à Lochcarron pour chercher la sacristie. Il avait envisagé d'en parler à Jim. Il en aurait eu l'occasion aux chaumières, ce matin de marée basse où il l'aidait à ranger son campement et à nettoyer les alentours. La mer était montée haut pendant la nuit et les algues s'étaient répandues jusqu'aux premières pierres de l'ancien muret d'enceinte. Jim entretenait ses terres, disait-il. Il savait bien que ce n'était pas bon de vivre dans ces ruines et dans son passé, mais c'était un refuge et il en avait besoin. Il aurait pu faire quelque chose de ce terrain, raser les maisons et reconstruire, mais elles étaient son histoire et il y puisait sa force. Aloïs était toujours surpris de la sensibilité de ce gaillard au visage buriné et aux mains puissantes, mais c'est cette sensibilité qu'il aimait chez lui, bien dissimulée sous une peau épaisse qui absorbait les chocs. Cet attachement maladif à sa terre, à chaque cristal de roche et bouillonnement d'écume, au sable dur et aux rochers noirs, à la lande et à l'herbe des pâturages. Jim vivait au rythme du vent qui érodait sa terre et du va-et-vient des marées. Aloïs aimait ces moments-là, où Jim l'accueillait chez lui, dans son paysage, et où il lui contait la vie d'autrefois. Aloïs commençait, doucement, à y trouver sa place. Ce matin-là, près des chaumières d'Applecross, finalement, il n'eut pas envie de parler de ses affaires. Avec Jim, il préférait vivre le moment présent et tisser, serrée, la toile de leur amitié et de sa nouvelle vie, sans qu'un fil étranger ne vienne troubler l'ouvrage. À lui seul de démêler les nœuds du passé.

Lochcarron compte deux églises, l'ancienne et la nouvelle. L'ancienne est abandonnée depuis trente ans et elle sera bientôt détruite. C'est vers celle-ci qu'Aloïs se dirige spontanément. C'est un espace rectangulaire presque vide, avec un autel en granit, quelques chaises empilées les unes sur les autres et une grande croix en bois sur le mur du fond, envahi par les toiles d'araignée. Une lumière diaphane perce difficilement les vitres des fenêtres. Dans un damier d'ombre et de lumière, Aloïs monte l'allée centrale puis redescend par l'un des côtés. Il n'y pas de sacristie ni d'autre pièce. Il faut chercher à l'extérieur. Raser les murs comme lui avait conseillé Stuart. Alors que des voix s'élèvent près de l'ancien presbytère, Aloïs retient son souffle. Les voix s'estompent et les pas s'éloignent. Aloïs reprend son exploration. Un arbre à épines griffe sa manche. Surveillant les alentours, il trébuche sur une pierre, met les mains au sol. Derrière un rideau de lierre, il découvre une deuxième marche puis une troisième menant à une petite porte de planches disjointes. La porte résiste. Aloïs pousse, insiste, s'essouffle, reprend son souffle, pousse à nouveau avec une énergie inattendue. La porte tremble, bouge de quelques centimètres seulement. Aloïs, décidé à entrer coûte que coûte, s'élance violemment contre la porte. Son épaule en portera la trace pendant quelque temps. Il entre dans un nuage de poussière.

Son petit bureau. C'était son petit bureau, comme disait sa mère. La pièce à côté du grenier où, enfant, Aloïs ne devait jamais entrer sans frapper, où son père tenait ses livres de compte, écrivait sa correspondance, passait ses coups de fil et faisait affaire. Aloïs s'y glissait parfois à pas feutrés quand son père était en bas et sa mère occupée ailleurs. Il aimait y trouver l'atmosphère figée d'un départ précipité : des livres ouverts, un crayon au milieu des pages, une veste jetée sur le fauteuil club, un ou deux tiroirs entrebâillés, la corbeille qui débordait de papiers, une lettre décachetée sur le sous-main en cuir et, au sol, un coin de tapis retourné et une chaise bousculée. Il y a ici, comme il y avait là-bas, cette odeur aigre de papiers, de tabac, de secret, et ce souffle de désordre qui donne vie à l'endroit.

Les objets et le maigre mobilier de la sacristie de Lochcarron ne ressemblent guère à ceux du petit bureau, mais Aloïs les associe spontanément. Il découvre un lit avec un édredon rabattu, comme si quelqu'un venait de se lever, un fauteuil à l'assise enfoncée, un tabouret à quatre pieds et une table en bois avec un tiroir mal fermé. Aloïs s'avance sur la pointe des pieds, comme on le fait dans les endroits interdits, comme il le faisait, enfant, dans le petit bureau de son père, où le plancher craquant sous ses pas pouvait à tout moment le trahir.

C'est la cachette du naufragé. Aloïs en est persuadé. L'air enfermé révèle sa fuite, sa souffrance, son impatience. Aloïs s'approche du lit, osant à peine marcher sur le tapis à franges qui servait de descente de lit. Cet endroit lui est familier. Ces objets gardent un secret qu'il se sent près de déchiffrer mais qui lui résiste encore. Le coussin posé sur le tabouret porte les mêmes initiales brodées que les draps, les taies d'oreiller et tout le linge de maison à Applecross. HMcF : quatre lettres pour une femme, une vie, un mystère.

La table en bois est couverte d'incrustations, des traces d'un esprit qui s'ennuie ou qui vagabonde. Des formes géométriques, des suites de nombres, des croissants de lune et, au milieu de la table, deux hippocampes côte à côte, un grand et un petit. Aloïs a l'estomac qui se déchire. Ses joues s'embrasent. Ce sont les deux hippocampes de la gravure accrochée entre les deux fenêtres du petit bureau, au-dessus du poêle à pétrole. Deux hippocampes qui dansent, ballotés par la houle dans un mouvement perpétuel. Aloïs passe doucement ses doigts sur l'incrustation. Il ferme les yeux. Il a neuf ans. Il est dans le petit bureau. Il n'a pas le droit d'être là. Son cœur bat. Son père vient de rentrer, le trousseau de clés a tinté dans le vestibule. Il va monter. L'enfant reste encore un peu, observe la gravure. Les deux hippocampes semblent lui dire qu'ils veillent sur lui, qu'il n'a rien à craindre. Aloïs ouvre les yeux. Ils sont là. Mêmes dessins, même trait : une signature.

Aloïs s'assied à la table, effleure une nouvelle fois les incrustations dans le bois puis ouvre le tiroir juste devant lui. Il en sort un paquet de feuilles volantes, manuscrites. Même écriture, même papier : la suite du journal du naufragé. Il attrape le tout à pleines mains comme un trésor et quitte les lieux.

Mardi 14 mai 1969

Ils m'ont installé dans sa chambre, sur un divan éloigné de la fenêtre. Personne d'autre qu'elle, le pasteur et le médecin ne doit me voir. Le médecin vient toujours après la tombée de la nuit. Elle veille sur moi jour et nuit. Je ne sais pas pourquoi elle fait tout ça. Le sait-elle elle-même ? Je n'ose lui dire qui je suis exactement. Elle ne demande rien. Le pasteur voudrait bien me confesser mais je refuse et il n'insiste pas.

Elle arrive... J'arrête là pour aujourd'hui.

Vendredi 17 mai 1969

Hier j'ai mangé du haggis avec un petit verre de whisky. Ça va ensemble, paraît-il. Comme je marche un peu mieux, la journée, quand il fait clair, je m'approche de la fenêtre et je regarde la marée, l'eau qui va et vient, selon le bon vouloir de la lune. Je distingue Skye de l'autre côté mais jamais nettement. Comme ma vie, mon avenir. Les brumes se dissipent parfois mais jamais totalement.

Lundi 21 mai 1969

Je la regarde vivre, je n'ai que ça à faire. Un rien l'enthousiasme. Elle fredonne toujours et parfois même elle danse, j'entends les frottements de ses chaussons sur le parquet en bas. Elle aime le rock et les rythmes celtiques. Moi je trouve que ça ne va pas ensemble. Un peu comme elle et moi. Mais je m'accroche à sa gaieté primaire et à sa personne, au halo d'innocence et de folie heureuse qui émane d'elle. Quand elle travaille, je l'attends toute la journée et intérieurement je hurle de joie quand j'entends la clé dans la serrure, mais je ne le lui montre pas. Il ne faudrait pas que je m'attache.

Jeudi 24 mai 1969

J'ai tout perdu en mer. Tout. Mon identité, mon butin, mon anneau. Tiens, ça me fait penser au livre qu'elle m'a apporté. Le Seigneur des anneaux. *C'est beau. Je n'aurais jamais cru m'attacher comme ça à un livre. Ces petits Hobbits, je les aime bien. Mon anneau, moi, je n'ai pas su le garder, il m'a quitté. Il représentait mon alliance clandestine avec Éliane. À l'intérieur, il y avait nos deux « e » entrelacés, gravés par Tom.*

Éliane ! Maman ! pensa Aloïs. Sa main sur mon front chaud. Ma joue sur son corsage. Mon oreille à l'écoute de son cœur. Et la fièvre s'en allait.

Éliane... Je t'aimais tant et j'ai tout gâché... La fille qui m'a trouvé me le montre chaque jour. Il aurait mieux valu que je meure dans cette mer maudite. Mon corps n'aurait peut-être jamais été identifié, j'aurais disparu à jamais. Je ne mérite pas de vivre.

Vendredi 1er juin 1969

J'avais décidé d'en finir pour de bon et j'ai avalé des comprimés. Une fois encore, elle m'a sauvé. Elle est tenace. Elle a appelé le médecin en pleine nuit. Vous n'aviez pas besoin de ça en plus, m'a-t-il dit d'un air autoritaire. Que je ne vous y reprenne plus! Vous ne voyez pas dans quel embarras vous la mettez, avec tout ce qu'elle fait pour vous et les risques qu'elle prend! Le pasteur m'a sermonné aussi : la vie est un don, ne soyez pas ingrat. Ils ne savent pas à quel point ma vie ou plutôt ma survie est une punition.

Samedi 9 juin 1969

Hier soir, Heather est allée au community center *pour le* cèilidh. *Dommage que tu ne puisses pas venir, me dit-elle. Ces musiques celtes, c'est notre culture, c'est ce qui nous lie avec les anciens. Des liens très forts. Elle aime tellement danser. Moi, même valide, même si je pouvais me montrer, je n'irais pas. Tout ce folklore, je l'entends d'ici, et ça me donne le cafard. Avant de partir, elle m'a monté des sandwichs et du thé. Elle portait une robe en velours grenat et avait du rouge aux joues, ses cheveux châtains bien lissés en chignon sur le côté. J'ai regardé un feuilleton débile à la télé et j'ai lu* Le Seigneur. *J'ai déplié la carte de la Terre du Milieu et tracé au crayon de papier l'avancée de Frodon, héros, courageux petit homme. Il a un sacré fardeau mais il avance. Et moi, qu'est-ce que j'attends?*

Aloïs attrape sa carte de la Terre du Milieu, braque sa lampe de poche sur les dessins des montagnes, des prairies et des sinistres volcans. La carte que son père scrutait pendant de longs moments, l'enfant près de lui n'osant interrompre cette communion qu'il ne comprenait pas et qui le fascinait. Aujourd'hui, pour la première fois, le tracé incrusté dans le papier glacé se révèle à lui.

Mardi 12 juin 1969

Hier il faisait un temps splendide. Elle ne travaillait pas l'après-midi et a voulu qu'on prenne le thé dehors. J'étais déjà parvenu à descendre l'escalier seul. Il suffisait maintenant que je passe le seuil de la porte de la cuisine, à l'arrière de la maison. Dans cette partie du jardin, le sol est stable. Elle a installé deux fauteuils et au milieu une petite table. Je n'avais pas vu le soleil depuis longtemps, il m'a presque fait tourner la tête. Ce thé avec un lait épais qui me faisait vomir à Stornoway, je le bois comme un élixir de jouvence. Je trempe les biscuits dedans et ça la fait rire. Ça ne se fait pas ici. Son rire qui éclate au soleil, devant le triangle de mer, de roche et de lande au coin de la maison, le seul paysage auquel j'ai droit, est une renaissance. Je voudrais que tous les jours soient ainsi.

Mercredi 20 juin 1969

Le soir qui a suivi l'après-midi au jardin, j'ai eu très mal à la jambe. Je suis resté couché pendant trois jours. La souffrance a fait ressurgir les idées noires et la nausée de la vie. Le médecin m'a donné des calmants et d'autres choses. Il faut croire que ça m'a tourné la tête.

J'ai tout raconté à Ève (je l'appelle Ève parce que je n'arrive à pas prononcer son vrai prénom, Heather, parce qu'à l'oreille ça se ressemble ou parce qu'elle est la première femme qui m'est apparue quand je suis revenu à la vie et peut-être aussi parce qu'Ève ressemble à Esther... Esther qui m'a élevé tant bien que mal parce qu'elle l'avait promis à mes parents, dans la cave du magasin, quelques jours avant leur arrestation). J'ai tout raconté à Ève. Tout sauf Éliane. Parce que, même drogué, ivre ou sous la contrainte, je n'ai jamais parlé d'Éliane à qui que ce soit.

Allongé sur son lit, la main agrippée au papier, Aloïs ressent une violente douleur. Sa jambe se crispe, ses muscles se nouent, la crampe est incontrôlable. Depuis de longues heures il est là, dans une mauvaise position, recroquevillé sur lui-même, sur cette histoire, sur son histoire. Ses doigts tétanisés parviennent difficilement à lâcher le papier. Il étire sa jambe et la masse profondément.

Elle m'a écouté sans me regarder, sans me juger. Ça m'a fait du bien. Je pensais qu'elle serait choquée. Elle restait immobile, muette. Plus son silence s'éternisait, plus je parlais, tantôt dans mon anglais hésitant, tantôt en français. La langue importait peu. Si elle ne comprenait pas les mots, elle en saisissait la gravité.

En anglais, j'ai pu raconter les faits : mon arrivée au Havre pour embarquer et travailler sur un navire de croisière (comme promis à Éliane et surtout à ses parents pour la mériter en gagnant l'argent nécessaire à notre future installation, mais ça, je ne l'ai pas dit à Ève), la peur au ventre, l'angoisse de l'inconnu, mon errance dans le port, à la recherche d'un prétexte pour ne pas partir, et la rencontre avec John et les autres, qui ont ferré le poisson en détresse, la soirée arrosée dans un hangar, l'herbe, la poudre et le mauvais alcool qui m'ont entraîné malgré moi dans cette galère, la traversée dans la cale d'un chalutier, mes nausées, le vol de mes papiers et du peu d'argent que j'avais, le chantage (on me les rendrait quand j'aurais fait mes preuves), les brimades, le début des regrets, mais c'était trop tard, le phare de l'île de Lewis, dans les Hébrides extérieures, les nuits de tempête où il ne se passait rien, les nuits de mer calme où l'activité battait son plein : l'arrivée et le départ des navires, les transbordements, les cargaisons de toutes sortes, marchandises frelatées, interdites, fausse ambre de la Baltique, fausse vodka, faux caviar, sans parler des cigarettes et des médicaments, la villa qui servait d'entrepôt à Stornoway, le même cirque pendant des semaines, des mois, puis, un matin à l'aube, les cordons de police, la fusillade, mes acolytes étendus au sol, d'autres menottés, malmenés, et moi, caché sous le train électrique de la salle de jeux, avec autour du ventre la ceinture de billets lâchée par John en ma direction pendant qu'il pissait le sang, le silence après l'assaut puis le râle de John, seul survivant pour quelques heures encore, sa mort en spectacle, mon corps tétanisé devant ses efforts de survie, mon dégoût, ma vengeance, ma fuite, la nourriture volée dans les poubelles et, quelques jours plus tard, par un matin calme, la barque miracle qui m'a sorti de cette île maudite, mais, en soirée, le vent, les vagues, le froid, les tourbillons, le chavirement, mon corps désarticulé, brinquebalé, l'engloutissement, l'incontrôlable descente vers les abysses, et puis, combien de temps après ? je ne saurai le dire, ce cadre de béton qui m'a fracassé les jambes mais permis de respirer quelques instants hors de l'eau, et plus rien. Et enfin, elle, ombre floue penchée sur moi, son oreille contre ma poitrine, ses genoux enfoncés dans le sable, puis ses jambes blanches dépliées et ses bras accrochés aux miens pour m'éloigner de la plage.

Pour le reste de l'histoire : le sentiment paralysant de solitude le soir au Havre, l'angoisse de décevoir Éliane, la recherche d'une échappatoire à cette promesse qui ne me ressemblait pas, un faux goût d'aventure, la descente aux enfers, la lâcheté, la honte, l'amertume, la haine et le dégoût de moi-même, je n'avais que ma langue maternelle. Savoir qu'Ève ne me comprenait pas ou pas bien me rassurait. Pendant que je parlais, elle buvait du thé en regardant la mer, un plaid sur les genoux dans le rocking-chair qui oscillait doucement.

Jeudi 21 juin 1969

Après ma confession, elle s'est éclipsée. Elle a préparé le dîner, m'a monté un plateau puis elle a mangé seule, en bas, en regardant son feuilleton préféré à la télévision. À la nuit tombée, elle est sortie malgré la pluie diluvienne. Je l'observais dans le noir, derrière le rideau. Elle marchait en direction des chaumières, sans doute pas très loin car elle est vite rentrée. Je l'ai entendu secouer son imper dans la buanderie, puis elle est montée se sécher les cheveux mais elle n'a pas dormi dans la chambre près de moi, comme d'habitude. Elle m'a dénoncé, peut-être.

C'est possible mais je ne veux pas le croire. De toute façon, je ne peux pas m'en sortir seul.

Vendredi 22 juin 1969

Hier c'était le solstice d'été. C'était comme si ce jour avait lavé toutes les saletés de la veille. Je commençai à croire que j'avais droit au bonheur.

À minuit, elle a voulu qu'on sorte. Je n'arrivais pas à marcher sur les galets. On est restés contre le mur du quai et on a attendu que l'écume vienne jusqu'à nous. Être là à ses côtés m'a réconcilié avec cette mer qui m'avait englouti puis finalement jeté à terre par indulgence. En rentrant, on s'est installés à la fenêtre de sa chambre, nos âmes bercées par le ressac. Mon bras touchait son bras et la lune veillait.

Lundi 25 juin 1969

Je vais mieux. Je monte et descends l'escalier presque normalement. Je peux enfin l'aider pour la vaisselle, la lessive, un peu de ménage. Je l'ai incitée à sortir. Elle a tant sacrifié pour moi. Elle ne fait que travailler, tisser du tweed chez un patron acariâtre et s'occuper de moi, mais elle ne se plaint jamais et ne parle jamais de l'avenir. Hier j'ai insisté pour qu'elle sorte. Elle est allée nager dans la baie avec Eileen et Sean, près d'une plage de sable fin, rose au soleil couchant, exactement face à la cloche qui sonne les marées. Elle s'excuse toujours d'évoquer cette cloche que je hais tant mais je n'y prête pas attention. Elle est revenue avec des algues et des coquillages dans les cheveux, ses bras poudrés de sable. Nous avons franchi le pas, naturellement. J'ai fait l'amour avec une sirène. Je suis né ici pour la seconde fois.

Mardi 2 juillet 1969

Ève m'a sauvé. Elle m'a relevé des eaux sombres de mes pensées et de mes regrets. Je vois bien que, parfois, elle pense à ce que je lui ai avoué et qu'elle doute. C'est toujours quand elle vient de l'extérieur. Mais ça ne dure jamais longtemps. Le temps de quitter le monde du dehors et de s'affranchir de son poids pour retrouver la légèreté heureuse de notre maison. J'ai un besoin vital d'elle. Elle est la fraîcheur de mes petits matins, l'eau claire qui éveille ma peau, la main que je saisis pour ne pas tomber.

Samedi 6 juillet 1969

J'ai essayé de lui parler de l'après et de nous dans l'après, mais elle refuse de projeter notre histoire dans l'avenir. Je n'ai pas insisté. C'est sans doute mieux ainsi. Elle va souvent se baigner ces jours-ci, en fin d'après-midi, après son travail. Pendant ce temps, je prépare des crêpes que nous dégustons plus tard, après son bain et la communion de nos deux corps impatients. Le sien, empreint de la fraîcheur de l'écume, langoureusement mêlé au mien qui revient de loin et se retrouve. Ces moments-là, je les vis comme un éternel présent. Ils me sont aussi nécessaires que l'air que je respire. Ève a été d'abord mon kit de survie et peu à peu ma raison de vivre.

Vendredi 11 juillet 1969

Tôt ce matin, elle m'a dit qu'on partait, on allait prendre un risque mais tant pis. Elle avait préparé un sac à dos avec quelques provisions. On a pris le bus à la sortie du village. La route était vertigineuse. On surplombait un banc de sable nacré, à marée haute. C'est là qu'elle vient se baigner. Le scintillement des rayons du soleil sur l'eau m'éblouissait, les yeux me piquaient mais je ne pouvais pas détourner le regard. Je n'avais jamais rien vu d'aussi beau. Puis on a traversé une vallée entourée de montagnes aux pentes douces, brunes avec de grandes taches violettes, sans arbres. On est descendus dans un endroit désert, à la croisée d'une route et d'un chemin de terre. On a marché, lentement et pas trop longtemps, parce que je n'ai pas encore retrouvé toutes mes capacités. Elle m'a dit qu'on était dans le domaine de Torridon. Sur un sentier empierré, j'ai vu un écriteau « Loch Coire ». Elle m'a dit tout de suite qu'on n'irait pas jusque-là. On a longé le canyon et le rideau de cascades. L'air était vif et doux. Je buvais de mes yeux le bleu du ciel, essuyais du regard les parois de la gorge et effleurais de mes mains encore meurtries l'herbe grasse des tourbières. Il y avait des poches d'eau par endroits, avec des plantes duveteuses tout autour. Et ces monticules de cailloux qui signalaient le chemin. Nous sommes restés longtemps, assis sur un rocher près de la rivière, face au bassin qui recevait l'eau des cascades. Il m'a semblé que de là jaillissait toute la pureté du monde et qu'elle m'éclaboussait. Une nouvelle vie était à ma portée.

Le pasteur est venu nous chercher à la croisée de la route et du chemin, après son dernier office du matin dans une chapelle perdue quelque part par là. Lui et Heather s'étaient entendus comme ça.

Torridon… Le loch Coire…, murmura Aloïs. Ces endroits qu'il a foulés de ses pas, où il a retrouvé la vie, où il se sentait bien, je les habite moi aussi et ils me retiennent.

Samedi 13 juillet 1969

Sean, le mari de sa meilleure amie, lui a fait remarquer l'autre jour à l'épicerie qu'elle se faisait belle depuis quelque temps et qu'elle achetait souvent des gâteaux. Il a pris son air supérieur et inquisiteur. Est-ce qu'elle n'aurait pas déjà un nouvel amoureux? Elle ne perdait pas de temps! Elle est rentrée brisée. On va me transporter ailleurs. Ici ça devient trop dangereux. Je lui ai dit que non, que je la défendrai, que je nous défendrai, que, plus le temps passe, moins je serai recherché. Il fallait patienter. Le temps jouait pour nous. Elle m'a répondu : tu ne les connais pas.

Lundi 15 juillet 1969

Hier soir, nous nous sommes égarés. Je lui ai raconté le 14 juillet, les bals populaires et les feux d'artifice. Je lui ai chanté le début de La Marseillaise, *elle a essayé de m'imiter, c'était drôle de l'entendre répéter des paroles qu'elle ne comprenait pas. Nous avons bu une bouteille de sherry sans âge qu'elle avait trouvée dans le cellier. Je me suis réveillé ce matin à quatre heures, allongé en bas de l'escalier.*

Ève dormait contre moi, les cheveux ramenés sur les yeux, le souffle régulier, enveloppée dans le vieux gilet de laine de son père que j'enfile souvent le soir après dîner. Je me suis levé, je l'ai portée tant bien que mal sur le canapé, j'ai écarté ses cheveux, effleuré son visage, et je me suis assis dans le fauteuil pour la regarder. Sa respiration douce, le soulèvement de sa poitrine et sa main accrochée à ma veste exprimaient une tendresse que je ne méritais pas.

Vendredi 19 juillet 1969

Ce matin, je lui ai donné une lettre à poster, une lettre à Éliane, adressée simplement à E. Laugiel. Je ne voulais pas qu'elle sache que j'écrivais à une femme.

Maman... Elle qui aimait tant les lettres. Quand la concierge glissait le courrier sous la porte, le matin, elle accourait à petits pas dans ses mules en satin. Les pans de sa robe de chambre s'écartaient et, sur le parquet ciré, elle s'élançait tel un oiseau sur un lac gelé. Puis, derrière le cabinet à secrets, face à la fenêtre, elle tranchait l'enveloppe avec le coupe-papier en étain patiné, que j'appelais son petit poignard.

Ève a pris la lettre sans rien dire. Elle avait tellement insisté pour que je prévienne quelqu'un. Quelqu'un de confiance qui ne te trahira pas, me disait-elle. Je voulais rester avec elle. Je ne pouvais plus revenir vers Éliane, j'aurais eu tellement honte de moi. Mais j'ai fait ce rêve, ou cauchemar, je ne sais plus très bien. Éliane criait de douleur. Esther lui tenait la main en tremblant. Entre elles, il y avait quelque chose d'insaisissable, une présence et une absence à la fois. Était-ce moi qu'elles pleuraient? On venait sans doute de leur annoncer ma mort. Il devint insupportable pour moi que les deux femmes qui étaient toute ma vie souffrent à cause de moi. Je devais leur dire que j'étais vivant. Avec Éliane, nous étions liés à jamais. On disait, Élie et Éliane toujours ensemble, Éliane n'est-il pas le féminin naturel d'Élie? Alors je lui ai écrit à peu près ceci :

Chère Éliane,

Je t'ai menti, je ne suis pas parti pour l'Amérique sur le bateau de croisière comme promis. Je suis parti ailleurs pour faire du commerce, gagner rapidement l'argent qu'il nous fallait pour construire notre avenir, mais j'ai été embarqué dans une sale affaire. J'ai tout perdu, j'ai fait naufrage, j'ai été sauvé et recueilli par des gens en Écosse. Je leur dois la vie. Ils me soignent sans rien demander. J'ai encore des difficultés à marcher. Je dois me rétablir avant de pouvoir revenir. Je reviendrai bientôt, Éliane, je te le promets.

Il ne sera question d'Ève ni dans cette lettre ni jamais. Ève ne doit pas sortir d'ici, elle est la fleur de mon jardin secret, un temps suspendu.

Samedi 20 juillet 1969

Je suis resté éveillé toute la nuit. J'ai retracé le fil de ma vie avec Éliane. Mon amour pour elle refait surface, ou plutôt un amour différent, mais je ne la mérite plus. Enfin, je ne sais plus. Je lui écris que je vais revenir et je lui promets quoi ? Et Ève ? Ève est une douce halte sur une île qui n'apparaît sur aucune carte, un mirage qui s'estompe avec la lumière crue du jour d'après. Éliane est mon port d'attache.

Mardi 22 juillet 1969

Hier j'ai passé la journée dehors. Je peux marcher un peu maintenant. J'ai pris le chemin qui mène aux chaumières, à la plage où Ève m'a trouvé. Je me suis installé dans l'herbe, non loin de la maison, sur un petit tertre avec vue sur la baie, et j'ai lu mon livre, son cadeau : Le Seigneur des anneaux.

En rentrant, Ève m'a dit que ce n'était pas prudent, qu'on aurait pu me voir. Elle m'a dit aussi qu'un Américain avait marché sur la Lune. J'ai ricané. Encore un de ses fantasmes. Quand elle m'a mis le journal sous le nez, j'ai compris et je me suis excusé. Elle était tout excitée, disait que bientôt on pourrait habiter l'univers tout entier. Moi je n'en ai que faire des exploits interplanétaires. Je me contenterais de ce bout de terre à l'ouest de tout, qui m'a vu renaître.

Vendredi 1er août 1969

Stuart est venu me chercher après le passage du laitier et du facteur pour ne pas attirer l'attention. À l'arrière du pick-up, j'ai la tête qui tourne. La route est sinueuse. Je suis balloté entre deux sacs de ciment. Je parviens à pousser légèrement la bâche pour respirer et saisir quelques morceaux du paysage. Un arc-en-ciel couronne la baie, comme celui que j'ai vu la première fois dans la chaumière en ruine. Est-ce un signe ? Reverrai-je un jour Applecross ? Je suis déchiré. Je voudrais rester mais quelque chose me dit que je dois partir.

Mardi 5 août 1969

Je suis logé dans la sacristie d'une église, moi l'athée convaincu. Le pasteur est bon pour moi, il prend des risques ; il me cache à l'insu de sa famille. J'entends ses enfants jouer dehors, derrière la haie. Je me sens coupable. Stuart fait son devoir de chrétien : il porte secours, pardonne, s'abstient de tout jugement, mais ma relation avec Ève le gêne, c'est évident. Je me suis confessé à lui, je lui ai tout dit sauf ma relation avec Ève. Il s'en doute tellement que ce n'était pas la peine. Dès que je serai complètement sur pied, il continuera de m'aider, mais pour que je parte rejoindre les miens, comme il dit. Il voudrait que ce soit là mon souhait. Il voit d'un mauvais œil mon attachement à Ève. Il le voit comme une menace pour elle, pour Applecross, pour leur communauté. Le temps de la charité tire à sa fin.

Mercredi 13 août 1969

Ève me manque.

Nous ne vivons plus ensemble. Elle vient quand elle peut, entre deux bus, quand elle a à faire à la banque ou au bureau de poste. Ses visites sont des rendez-vous clandestins, des instants à saisir, des moments trop intenses pour le vide qu'ils laissent par la suite. Si mon corps reprend vie, mon âme, elle, s'enlise.

Lundi 19 août 1969

Heureusement que j'ai ce livre. Il est merveilleux et effrayant à la fois. Il me parle. Moi aussi, j'ai mon fardeau, celui de mon destin, de mon passé que je vais devoir assumer, celui d'un amour flamboyant qui m'a sauvé et d'un autre que je ne dois pas renier. Ma santé s'améliore. Le médecin espace de plus en plus ses visites. Je retrouve des forces depuis longtemps oubliées. Hier, Ève est restée tout l'après-midi. Nous nous sommes aimés sans discontinuer. Une petite éternité. Je crois que je pourrai guérir de tout sauf d'elle.

Vendredi 23 août 1969

Ève est venue cet après-midi. Elle a apporté du thé et des scones. Elle était pressée. Elle m'a embrassé violemment. Nos corps ont immortalisé ces instants. Nous avons bu le thé rapidement, elle m'a laissé les scones. Dans le sachet , j'ai trouvé une lettre. Elle ne m'en avait pas parlé. L'enveloppe avait été décachetée et mal recollée.

La lettre est là, minutieusement pliée, entre les pages du journal. Aloïs l'effleure. Le papier est fin, presque translucide. Aloïs reconnaît immédiatement l'écriture :

Élie,

Je suis heureuse de te savoir en vie. J'ai été rongée par l'inquiétude, j'ai remué ciel et terre pour te retrouver mais aucune trace de toi depuis six mois. J'ai tenu bon, parce que j'avais confiance en toi et parce que je portais ton enfant. Je n'ai pas eu le temps de te l'annoncer… Élie, nous avons un fils, je l'ai prénommé Aloïs, il est né le 11 juillet. Il fait mon bonheur et celui de mes parents. Quant à Esther, elle a été à mes côtés jour et nuit, mais la joie de la naissance n'a pas apaisé la douleur de ta perte, et son esprit s'assombrit peu à peu. Les médecins sont pessimistes. Ne tarde pas à rentrer, pour elle, pour ton fils, pour nous. Débrouille-toi pour aller jusqu'au port d'Anvers. Là, demande Fernand Lécuyer. C'est le fournisseur de Tom en métaux précieux. Il vient chercher sa marchandise chaque semaine et pourra te conduire jusqu'à Paris dans son fourgon blindé. Tom se propose aussi d'agir auprès de ses relations pour te trouver une nouvelle identité. Sa fidélité est sans faille ; je ne sais pas si nous la méritons. Élie, pourrons-nous un jour réaliser enfin nos vœux portés dans les anneaux que Tom avait gravés ? Depuis que j'ai lu ta lettre, un jour, je t'en veux plus qu'à quiconque, le lendemain, mon amour pour toi est intact. Je ne sais pas, je ne sais plus qui tu es vraiment. Seuls comptent pour moi notre fils et l'amour infini qui me lie à lui. Et pour lui mais uniquement pour lui, je te pardonnerai.

Tendrement à toi,

Éliane

Aloïs tremble. Un froid glacial s'est emparé de lui jusqu'au plus proche du cœur. Il voudrait ses bras, sa poitrine, le creux de son épaule, sa joue contre sa joue. Il l'appelle mais elle ne répond pas. Depuis longtemps il n'avait pas ressenti à ce point le vide que la mort de sa mère avait laissé en lui.

Samedi 24 août 1969

Je l'aimais tellement. Je revois nettement tous les moments passés avec elle. Mais aujourd'hui, c'est Ève que j'aime.

Malgré tout, je vais rentrer et vivre avec Éliane, pour notre fils. Ève m'a mis en garde contre toute envie de rester. Elle m'a dit que je devais assumer, qu'un homme n'a pas deux familles, que, dans ces conditions, elle disparaîtra de ma vie et c'est tout. Elle a l'habitude de s'incliner, de laisser sa place aux autres, à celles qui étaient là avant. Elle est de celles qui sauvent et que l'on quitte.

Notre histoire, me dit-elle, chacun à sa manière, nous la conserverons en nous avec d'autres, passées et à venir, histoires d'amour, histoires de fous, qui nous feront tenir en ce monde jusqu'à ce que la marée nous emporte pour de bon.

Il m'a été donné de vivre et de donner à vivre. Je dois saisir cette chance. Je vais rentrer, je vais voir mon fils, je serai un bon père, il ne connaîtra que le meilleur de moi et tout ira bien.

Depuis trois jours, Aloïs n'a presque pas quitté la chambre. Il descend seulement à la cuisine pour se préparer du thé et grignoter quelques biscuits, mais il passe l'essentiel de son temps, allongé, à relire *Le Seigneur des anneaux*. Quand la lecture le lasse, il s'assied face à la mer et pense à son père. Il est recouché depuis peu, prêt à reprendre sa lecture, quand quelqu'un frappe violemment à la porte. Lorsque Jim voit Aloïs au saut du lit, le visage creusé et les yeux gonflés, puis découvre les feuilles du journal éparpillées dans sa chambre, il pousse son ami dans la salle de bains et descend le plateau de vaisselle sale à la cuisine. Il ouvre les fenêtres, secoue les vêtements et les tapis, et fait entrer dans la maison ce qu'il faut d'air frais pour dissiper l'odeur aigre du ressentiment et des pensées toxiques.

– Je sais maintenant. Grâce à toi. Parce que tu as insisté pour que j'aille à l'hospice.

Après avoir ruminé sa rancœur pendant des jours et des nuits, Aloïs explique posément à Jim ce qu'il a découvert : secret, trahison, il ne saurait dire, en tout cas le maillon manquant de son histoire.

– Pourquoi me l'a-t-il caché ? Après la mort de maman, pendant plus de quatre ans, j'ai vécu avec lui ou plutôt près de lui. Il y aurait eu tant d'occasions. Pourquoi ce silence ? Si j'avais trouvé quelque chose, un indice, une lettre, j'aurais tenté une question. Enfin… cela aurait été difficile… Chez nous, les questions embarrassantes restaient souvent sans réponse. Lorsqu'un malaise ou une tension couvait, mon père avait l'art de changer de sujet comme on jette de vieilles couvertures sur un feu. Il faisait tout pour éviter les discussions animées et se vantait de ne jamais se disputer avec sa femme. On aurait dit qu'il en avait fait le serment à quelqu'un, peut-être à lui-même. De lui je savais seulement qu'à l'âge de deux ans, en 1944, il avait perdu ses parents, juifs, déportés, et qu'il avait été élevé dans un orphelinat. C'est tout. Pas de frère ni de sœur, pas de famille. Je ne lui connaissais que quelques relations et un seul ami, Tom, l'orfèvre, mon parrain – il devait savoir, lui, mais il ne m'a jamais rien dit non plus ! Mon père n'a jamais évoqué sa nourrice, Esther, qu'il considérait comme sa mère et qui s'est occupée de moi pendant mes premiers mois, si j'en crois ce journal. Tous ces gens en qui j'avais confiance et qui m'ont construit m'ont en réalité menti ! Dans ces pages, j'en apprends plus que tout ce qu'il a pu me dire en quarante ans et qui n'avait pas d'importance. Le plus important, il avait choisi de le taire. Il n'avait pas le droit !

Jim, qui l'écoutait en silence, ne peut s'empêcher de réagir :

– Choisi ? Il n'a peut-être jamais pu te le dire, c'est difficile de dire ces choses-là, ou il a voulu t'épargner.

– M'épargner ? De quoi ? De la vérité qui m'est due ?

– Il ne te devait rien, Al. Il n'a pas eu le courage, sans doute. Et puis, il est rentré pour toi. « Je vais rentrer. Je serai un bon père. » *A good father*. Il ne t'a pas trahi. Au contraire.

– Il a trompé ma mère. C'était un lâche. Il s'est fait piéger et, quand ça a mal tourné, il s'est sauvé, fuyant encore une fois ses responsabilités, jusqu'à laisser un type mourir, sûrement un sale type mais il l'a quand même laissé mourir froidement. Tout ça, je le découvre aujourd'hui, dans cette maison où il s'est caché, bien au chaud, après avoir trompé tout le monde, y compris Heather, cette femme qui a tant fait pour lui et qui a voulu le racheter en me léguant cette maison et ses secrets. S'il était resté, il aurait été fidèle à quelqu'un au moins. Et toi, tu l'excuses ? Toi ? Toi qui as eu le courage de claquer la porte de ton château et de renoncer à ta condition pour vivre comme tu l'entends sur ton bout de terre ! Toi qui as assumé tes choix et pris ta vie en main, tu excuses sa lâcheté !

– Courage ? Moi ? Tu te trompes. Tu idéalises. On est tout sauf courageux quand on laisse les siens sur un coup de tête. On est trop fier, trop idiot et, après, on regrette de ne pas avoir été là. Ton père, lui, a eu le courage de revenir pour s'occuper de toi ! Ce n'est pas assumer, ça, peut-être ? Tu aurais préféré qu'il laisse ta mère et qu'elle t'élève seule pendant qu'il vivait à mille kilomètres, tranquille, à l'abri, avec une fille qui faisait tout pour lui ? Non, d'après ce que tu m'as dit, il n'a pas choisi la facilité. Il est rentré pour toi.

Pendant qu'Aloïs avale péniblement ses céréales, Jim rassemble les restes de nourriture abandonnés ces derniers jours et les place sur le rebord de la fenêtre. Deux mouettes effrontées les emportent aussitôt.

– Il est parti, et après ? Est-ce qu'ils se sont revus ? Est-ce qu'elle lui écrivait ? Est-ce qu'il lui écrivait ? Les timbres que je collectionnais venaient d'elle, j'en suis sûr, mais je n'ai trouvé aucune trace de correspondance. Il n'y a rien ici ni à Paris. J'avais fouillé l'appartement avant de partir. Johan a cherché aussi, en vain. Je n'ai que ce journal…

– As-tu vraiment besoin de plus ?

Aloïs se fige, les yeux hagards, puis se détend. Il se répète les dernières phrases du journal. *Je serai un bon père*. Oui, tu l'as été, papa, murmure-t-il. Comment l'oublier ?

Mais il a du mal à croire qu'Élie le naufragé, ce vaurien, et son père aient été le même homme. Comment est-ce possible ? Quand sa mère l'a mis au monde, son père était ici avec Heather ? Dans cette maison, dans ce lit où il dort aujourd'hui et où il se sent si bien. Non. Ce n'est pas vrai, ce journal n'est pas celui de son père, cette histoire n'est pas la sienne. Mais ce livre… Aloïs se souvient du jour où il a dévalé l'escalier de la cave. Il était paniqué. Sa mère n'était pas là. Son père l'a pris un peu brutalement dans ses bras. Il lui a mis grossièrement du mercurochrome et un énorme pansement sur le genou et lui a donné du lait chaud avec du miel. C'est ce jour-là qu'il a ouvert la malle pour la première fois devant son fils, sorti le livre et déplié la carte aux reflets bleutés. Et ils ont commencé à lire ensemble cette histoire fantastique avec des dieux blancs, des nains et des petits hommes au courage incroyable qui vivaient dans des collines. Ce soir-là, sa mère n'est pas rentrée et Aloïs a dormi avec son père. Quand l'enfant s'est réveillé, son père dormait encore, ou plutôt il rêvait. À voir son visage, c'était un rêve très doux. Les lignes dures qui descendaient le long de ses joues avaient disparu et ses paupières souriaient. Quelques heures plus tard, sa mère est rentrée, elle a immédiatement refait le pansement du garçon parce que c'était n'importe quoi, hurlait-elle. Dans l'embrasure de la porte du cabinet de toilette, Aloïs a vu son père monter dans son petit bureau sur la pointe des pieds, le livre et la carte serrés contre sa poitrine.

Et cet été à Houlgate… Aloïs s'entend encore trembler dans la cabine de plage où les garnements de la villa Andrésis l'avaient fait prisonnier un soir de grand vent, pour jouer, à ses dépens comme toujours. Aloïs n'avait jamais rien dit de ces brimades à ses parents, pensant que son père serait en colère contre lui parce qu'il lui reprochait parfois d'être trop gentil avec les autres. Ce soir-là, entre les planches de la cabine, Aloïs a vu des ombres s'approcher et il a reconnu avec soulagement la voix de son père. La porte s'est ouverte violemment. Poussés à l'intérieur, les deux garçons se sont agenouillés devant lui. Ils ont bafouillé un « pardon », tête baissée. Puis Aloïs a vu son père les jeter sur la plage, dans le vent qui tourbillonnait. Le grand est tombé, déséquilibré. Il saignait au bras. Ils se sont dépêchés de se relever et ont déguerpi, apeurés. Le père et le fils sont rentrés tous les deux, sans rien dire, le bras du père entourant les épaules de son fils. Pour Aloïs, ce geste valait plus que toutes les paroles du monde : son père était de son côté. Ils marchaient ensemble, le dos droit, la tête haute. Les garçons de la villa Andrésis ne se sont plus jamais approchés de lui.

Beaucoup plus tard, quand Anne est venue pour la première fois à la maison, Étienne a murmuré après son départ : *ça papillonne trop pour être vrai*. Aloïs a voulu oublier cette phrase. Sur le moment, il était trop amoureux, aveugle, naïf, mais plus tard, ces mots lui sont revenus. Son père avait raison. Elle n'était qu'un papillon qui allait de fleur en fleur sans jamais se poser. Aloïs avait l'habitude que son père n'exprime jamais d'avis tranché sur les gens, et il ne cherchait pas absolument son approbation. Son silence lui suffisait. Aloïs était heureux avec Anne, Étienne le savait, il ne disait rien mais il veillait.

Il ne connaîtra que le meilleur de moi et tout ira bien.

Aloïs savait peu de choses de son père, sans doute le meilleur. Tout a bien été, c'est vrai. Mais pourquoi le silence sur cette page de son histoire ? Aloïs lui aurait pardonné, peut-être pas tout de suite, mais il lui aurait pardonné ; enfin il le croit. Il se souvient que son père n'aimait pas quand les gens autour d'eux « racontaient leur vie » comme il disait. Quand quelqu'un commençait à évoquer devant lui ses émotions, ses sentiments, une peine ou au contraire une joie exubérante, il devenait pâle, nerveux, il fallait toujours qu'il bouge les bras ou les jambes comme s'il était pris de fourmillements et, pour finir, il trouvait un prétexte pour quitter la place. Toutes ces intimités déversées lui étaient insupportables, peut-être parce qu'elles lui rappelaient la sienne, qu'il voulait garder pour lui. Pourquoi ? Pour ne pas faire de mal à son fils, ne pas blesser sa femme ? Aloïs avait l'impression que ses parents s'aimaient juste pour lui. Il avait pris l'habitude de les aimer séparément l'un de l'autre. C'était comme ça. Il n'a jamais pu réunir ses parents dans l'amour qu'il leur portait et qu'il leur porte pour toujours. Il aurait tant voulu que son père lui parle de Heather. Ils auraient pu venir tous les deux. Aloïs aurait aimé le voir aimer Heather et être aimé d'elle. Élie a-t-il revu un jour Applecross ? C'est grâce à elle si Aloïs est là aujourd'hui. Pourquoi aujourd'hui seulement ? Parce que Heather et son père ne sont plus là ni l'un ni l'autre, parce qu'il fallait qu'Aloïs découvre seul leur histoire, qu'elle a eu le courage de lui laisser en héritage?

Depuis combien de temps Aloïs est-il resté enfermé dans ses pensées? Il ne saurait le dire. Quand il en sort, Jim est toujours là, assis sur une chaise de cuisine trop basse pour lui, feuilletant les vieux journaux qu'Aloïs garde sur le coin de la table pour les épluchures des légumes. Il a fait du thé.

– Est-ce que Heather t'avait dit quelque chose ou fait des allusions?

– Heather m'a remis la cassette où tu as trouvé les premières pages du journal, un après-midi d'hiver où j'empilais des pierres au hameau. Elle m'a demandé de la cacher chez moi sur la presqu'île et de la donner à l'homme français qui viendra quand elle aura disparu. Si personne ne vient, que tout ça aille à la mer, m'avait-elle dit. J'ai accepté mais j'ai été trop curieux. Je ne sais pas ce qui m'a pris, je pensais que je pouvais être franc avec elle. J'ai commencé à demander qui était cet homme, ce qu'il représentait pour elle. Son visage s'est brusquement assombri et elle est devenue quelqu'un d'autre. Je cherchais en vain ses yeux clairs et rieurs. Elle s'est mise à hurler et à me jeter des regards noirs comme si j'étais le diable. Elle ne me connaissait plus. Elle s'est brutalement jetée à terre, pour que la marée l'emporte disait-elle.

Alors je l'ai soulevée, enveloppée dans une couverture et, malgré ses cris et la violence de ses gestes, je l'ai portée jusqu'ici. Elle m'injuriait, elle appelait à l'aide. J'en étais malade. Elle qui avait été mon seul soutien, une trêve dans mes ennuis, et même parfois la mère que je n'avais plus et le père qui m'avait renié. Une folie destructrice s'emparait d'elle et j'étais impuissant. Archie a entendu les cris, il est accouru, elle s'est calmée. C'est la dernière fois que je l'ai vue. Quelques jours plus tard, je suis revenu, espérant que la crise serait passée et que je la retrouverais comme je l'avais toujours connue, mais elle était déjà partie. Ce jour-là, à la station-service, Eileen m'a dit que Heather ne reviendrait pas et elle m'a remis un télégramme qui m'annonçait la mort de mon père. Je ne l'avais pas vu depuis deux ans, il habitait à dix kilomètres d'ici à peine.

Le thé est nature, corsé. Jim en avale une gorgée, grimace et va chercher la bouteille de lait frais, livrée ce matin devant la porte, mais il faudra plus d'un nuage dans la tasse fleurie de Heather pour faire passer l'amertume.

– Tu vois, je n'ai pas vraiment l'étoffe d'un héros… Maintenant je vais rentrer et toi, va prendre l'air, ça te fera du bien. À la prochaine !

Quelques heures plus tard, Aloïs appelle Johan. Johan a bien connu le père d'Aloïs et il a du mal lui aussi à croire à cette histoire. Aloïs a encore besoin de temps pour réfléchir, Johan le sait, mais il voit venir inéluctablement le jour de la rupture.

Aloïs pense qu'après sa conversation avec Johan il dormira mieux, mais, racontée dans sa langue maternelle, cette histoire le ronge. Les mots dépassent ses pensées et les rendent plus amères encore. Pour Aloïs, la langue anglaise, étrangère, distante, même s'il la maîtrise de mieux en mieux, porte en elle la fraîcheur d'un jour nouveau. Ce n'est pas la langue du ressentiment ni du remords. C'est la langue de Jim, d'Archie, d'Eileen, des habitants d'Applecross qui l'accueillent aujourd'hui. C'est la langue que son père avait entendue à son réveil sur la plage près des chaumières, celle qui avait scellé son histoire avec Heather, celle qui l'avait sauvé. Pour Aloïs, cette langue est celle d'un nouveau départ.

Cet après-midi, à marée basse, Aloïs va voir Jim sur la presqu'île. Il y restera plusieurs jours parce que la tempête s'est levée et qu'il est impossible de repartir. Même aller jusqu'à l'enclos à moutons est une course contre les éléments, les jets de pluie à l'horizontale écartant tout obstacle sur leur chemin. Jim garde ses bêtes à l'écurie, et les deux hommes restent à l'intérieur pendant deux jours.

En automne, Jim profite généralement de ces moments-là pour préparer son gâteau de Noël. Il se dit que ce serait une bonne idée de faire ça avec Aloïs et ensuite de lui faire goûter son premier haggis. Un double baptême qui ferait de lui un vrai Écossais. Impossible de rentrer à Paris après ça, lui dit Jim.

C'est vrai. Impossible de rentrer, pour l'instant ou jamais. Impossible de quitter cette terre qui le retient par sa vérité, son authenticité et sa désolation heureuse, où la nature s'exprime dans toutes ses forces et où il est beau de ne pas pouvoir lutter contre parce que, même quand les éléments se déchaînent, quand la marée vient frapper violemment les rochers ou quand les nuages se mettent en ordre de bataille, il y a toujours une faille, un ruban d'écume assagie ou un rai de lumière qui apporte l'espoir d'un apaisement.

Après plusieurs discussions avec Johan, Aloïs a décidé de lui céder sa part de la librairie et de mettre en vente l'appartement de son père. Il préfère le faire à distance, sans y retourner, pour ne laisser aucune chance à l'hésitation ni aux regrets. Il confie à Johan la vente de certains meubles, pour d'autres, il contactera des anciens collègues de son père. Il gardera pour lui la malle aux souvenirs et quelques ouvrages de la bibliothèque, que Johan lui apportera l'été prochain quand il viendra en vacances en Écosse avec ses enfants. L'été est encore loin. Johan lui manque.

Penser à Johan, c'est se replonger dans la douceur de son enfance, c'est ressentir la fraîcheur des glaces qu'ils chapardaient dans l'épicerie de sa mère, la peur au ventre du retour des devoirs copiés l'un sur l'autre et la jubilation d'avoir échappé à la punition, ou la façon dont il avait supplié un jour ses parents d'emmener son meilleur ami avec eux en vacances en Normandie, sa mère réticente et son père qui avait dit oui tout de suite. Aloïs en avait été si heureux qu'il aurait voulu lui sauter au cou mais il s'était retenu ; il savait que son père haïssait toute effusion de sentiments et que le regard brillant de son fils lui suffisait.

Aloïs se rend presque quotidiennement aux chaumières par la plage. Il connaît par cœur le sentier, ses reliefs et ses imperfections. Il sait où il faut éviter de marcher les jours de pluie et où il faut passer les jours de soleil pour admirer le tableau. Aloïs a fait sien ce paysage. Cette promenade est son rituel et sa source.

À marée basse, il retrouve le rocher où il s'était assis la première fois, là où le vent avait feuilleté si fort son *Seigneur des anneaux* qu'il avait mis au grand jour le tampon de la librairie d'Inverness. À marée haute, il circule dans le hameau, entre les maisons sans toit et, par gros temps, se réfugie dans l'antre de Jim où il dépose parfois des provisions, comme le faisait Heather, où il murmure les passages du journal de son père qui devient, pour quelque temps, Élie ou bien Étienne, ou tout simplement Papa. C'est ici qu'un matin il a vu son premier arc-en-ciel au-dessus de la presqu'île. Il l'observa longtemps et, quand les couleurs se diluèrent, il prit le chemin du retour. Il en a observé plusieurs depuis, toujours avec la même fascination.

Aloïs aime par-dessus tout le moment où il quitte le petit bois de bouleaux et passe de l'autre côté de la baie. Là, il découvre chaque fois le paysage sous une lumière nouvelle, un paradis ou un déluge, selon le bon vouloir du ciel.

Aujourd'hui, à l'heure du thé, Aloïs termine *Le Seigneur des anneaux*. Le livre, la carte et le journal du naufragé demeureront encore quelque temps à son chevet, avant de regagner la malle aux souvenirs qui arrivera de Paris. L'heure sera venue pour Aloïs d'envisager de nouvelles lectures et de commencer une nouvelle histoire. Peut-être ira-t-il voir du côté de la librairie McFarley à Inverness.

Octobre est arrivé. Aloïs voudrait retourner à Torridon.

Ne tarde pas, lui a dit Jim. Tu verras, l'hiver sera vite là.

Aloïs part de chez lui peu après le lever du jour. Cette fois-ci, il ira jusqu'au bout. Le paysage l'accueille, s'ouvre devant lui comme un jardin familier. Il avance, ajoute à chaque cairn une pierre sans même s'arrêter. Il ne cherche plus le chemin du loch Coire, il l'arpente à grandes enjambées. Il a dépassé les eaux troubles des tourbières où les herbes brunissent et les linaigrettes perdent leur duvet. La végétation se fait de plus en plus rare, les montagnes de Torridon se révèlent dans toute leur force. Des rocs parmi les plus anciens d'Europe, qui ont traversé les ères, les glaciations et toutes les vicissitudes de la Terre. Et derrière un tissu brut et minéral, le loch Coire. Une eau miroir aux reflets plus vrais que le paysage lui-même. Aloïs a atteint son but. Il s'approche du bord. Son image est parfaite, lisse. Plus de flou, plus de remous. Son visage est net et franc. Et, par-dessus son épaule, il sent la présence invisible de celui qui, depuis toujours, veille sur lui.

Devant les monts et les plaines de Torridon qui s'étendent jusqu'à la mer, Aloïs distingue la frange blanche des cascades, l'endroit où il s'est arrêté l'autre jour et que son père avait décrit dans son journal. Il s'y reposera un moment, même si les nuages commencent à s'accrocher aux sommets. L'assombrissement du ciel ne lui fait plus peur, il sait que la lumière n'est jamais très loin.

Quand il voit la silhouette amaigrie de Stuart, Aloïs regrette d'avoir attendu plusieurs semaines avant de revenir aux Daffodil Gardens.

– J'ai un congrès vendredi à Edimbourg, dit-il. Je partirai tôt. Je t'ai acheté une place sur un ferry vers la Belgique, je te conduirai jusqu'au port. C'est mieux ainsi. Et puis, j'ai appris que la brigade criminelle de Glasgow avait interrogé des gens de la région sur la fusillade de Stornoway. Ils pensent qu'un des gars aurait pris la fuite dans une barque volée et qu'il aurait pu survivre à la traversée, vu que le Minch n'a jamais rejeté son corps. Je suis désolé, Élie, on ne peut plus te garder.

Stuart donne une brève accolade à Aloïs. Quand Aloïs sent sur son épaule la main sèche et tremblante du vieillard, il voudrait le serrer dans ses bras mais il n'ose, de crainte de se révéler et de briser la magie de leur relation.

– Va préparer tes affaires ! Rejoins-moi demain matin juste après la cloche de sept heures. Et surtout, dis-lui au revoir correctement !

Leurs regards se croisent, complices, puis se quittent.

Quelques jours plus tard, attablé au comptoir du pub, Aloïs apprend la mort de Stuart dans le journal.

Il arrive au cimetière de Lochcarron bien après l'heure de l'enterrement, espérant se recueillir seul sur la tombe de l'ancien pasteur mais il y a encore foule. En attendant que le cimetière se vide, Aloïs marche un long moment au bord du loch jusqu'à l'ancienne église, mais il ne poussera pas une nouvelle fois la porte de la sacristie cachée. Il a sauvé tout ce qu'il pouvait sauver, soufflé la poussière qui recouvrait le mystère et gardé près de lui ce qui lui revenait.

Après l'adieu à Stuart, Aloïs se rend à Applecross sur la tombe de Heather et de son enfant, avec lequel il partage, sans nul doute d'après les calculs de dates qu'il s'est maintes fois répétés, une moitié d'hérédité. Une branche cachée de son arbre généalogique que Heather a voulu lui dévoiler, à lui seul. Élie le naufragé avait laissé sur cette terre d'Écosse le secret de sa renaissance et de ses déchirements. Aujourd'hui, en décidant de vivre à Applecross, Aloïs relie l'amour inavoué de son père à sa propre histoire. C'est donc ici qu'il poursuivra son chemin, sur les plages lavées par la marée, dans les collines de bruyère et sous l'arc-en-ciel qui vient toujours après la pluie.

DU MÊME AUTEUR

CHEZ LE MÊME ÉDITEUR

Les Narcisses blancs, 2021.

Collection “1er mille”

Jérôme d’Astier,
Le Désordre, 2000 ;
Bain de minuit, 2001 ;
Dans une ville étrangère, 2016.

Nathalie Aumont,
Consolation, 2013.

Cécile Beauvoir,
Louise Lullin, 2003 ;
Le Chemisier, 2004 ;
Avec toi, 2005.

Gisèle Berkman,
Madame, 2021.

Alain Bertrand,
La Lumière des polders, 2003.

Christian Birgin,
La Mort de Pouchkine, 2000.

Rodolphe Blavy,
Le Pardon, 2015.

Sylvie Bocqui,
Une saison, 2013 ;
Ce genre de fille, 2018 ;
Paulownia, 2019.

Olivier Boura,
La Nuit du Rhône, 2001.

Nicolas Cano,
Bacalao, 2010.

Pascal Chapus,
Monument Valley, 2023.

Agnès Clancier,
Karina Sokolova, 2014.

Myriam Cohen-Welgryn,
La Petite Dernière, 1999 ;
Mères, 2001.

Philippe Comar,
Les Dunes d’Ambleteuse, 2004.

Geneviève Damas,
Histoire d’un bonheur, 2014.

Kéthévane Davrichewy,
Tout ira bien, 2004.

Céline Debayle,
Baudelaire et Apollonie, 2019 ;
Les Grandes Poupées, 2020 ;
Sous l'aile du lion, 2023.

Alice Dekker,
Les Douces Choses, 2022.

Jean-François Deniau,
Le Bord des larmes, 2000.

Laura Desprein,
Braise, 2002.

Didier Duprat,
Dernières nouvelles des oubliés, 2004.

Blandine Fauré,
Faune et flore du dedans, 2018.

Christine Féret-Fleury,
Les vagues sont douces comme des tigres, 1999 ;
L'Évier, 2001 ;
Sept Péchés, 2003.

Maxence Fermine,
Neige, 1999 ;
Le Violon noir, 1999.

Florent Feyrabend,
Le Cocon, 2004.

Philippe Fréling,
Ceinture jaune, 2007.

Xavier Gardette,
Tocqueville à la plage, 2016.

Hélène Gestern,
Eux sur la photo, 2011 ;
La Part du feu, 2013 ;
Portrait d'après blessure, 2014 ;
L'Odeur de la forêt, 2016 ;
Un vertige, 2017 ;
L'eau qui dort, 2018 ;
Armen, 2020 ;
555, 2022.

Emmanuelle Grangé,
Son absence, 2018 ;
Les Amers remarquables, 2019 ;
Les Risées du lac, 2021.

Arnaud Guillon,
Écume Palace, 2000 ;
15 août, 2002.

Karen Haddad,
Le Dernier Voyage de Salomon Martcher, 2022.

Béatrice Hammer,
Ce que je sais d'elle, 2006.

David Hennebelle
Vers la flamme, 2023.

Jean-Paul Honoré,
Pontée, 2019 ;
Un lieu de justice, 2021.

Philippe Honoré,
L'Obligation du sentiment, 2008.

Géraldine Jeffroy,
Un été à l'Islette, 2019.

Anne Kanapitsas,
L'Odeur de la menthe, 2004.

Alexandre Kauffmann,
Mauvais numéro, 2000 ;
Le Faux-Fuyant, 2003.

Marie-Hortense Lacroix,
Comme une voix lointaine, 2005.

Didier Lahais,
Lettre à Jean, 2002.

Hélène Lanscotte,
Fringales, 2020.

Élisabeth Laureau-Daull,
Le Syndrome de glissement, 2012.

Hélène Le Chatelier,
Dernière adresse, 2009.

Pierre Le Coz,
Plein sud, 2001.

Antoine Marcel,
Carnet chinois, 2002.

Jean-François Merle,
Le Grand Écrivain, 2018.

Véronique Merlier,
L'Angle mort, 2012.

Céline Milliat-Baumgartner,
Les Bijoux de pacotille, 2015.

Marc Molk,
Pertes humaines, 2006.

Jean-Claude Mourlevat,
Je voudrais rentrer à la maison, 2002.

Karine Naouri,
Le jeu des Rois, 2000.

Éric Pelsy,
L'Été de Rico, 2003.

Christophe Perrier,
Harmonie des vents contraires, 2019.

Emmanuel Pernoud,
Le Red Boy, 2016.

Françoise Pirart,
La Nuit de Sala, 2006.

Jean-Marie Planes,
Le Chemin de Macau, 2017 ;
Une vie de soleil, 2019.

Emmanuel Pons,
Je viens de tuer ma femme, 2006 ;
Ma mère à l'origine, 2007.

Laure Protat,
L'Indifférent, 2014.

Flore Quaquin,
Racailles, 2003.

Anne Révah,
Manhattan, 2009 ;
Pôles magnétiques, 2012.

Michel Robert,
La Grosse Marfa, 2001.

Philip Rohr,
Vie sauvage, 2003.

Danièle Roth,
La Mouette juive, 2003.

Eliane Saliba Garillon,
Le Journal impubliable de George Pearl, 2015.

Fanny Saintenoy,
Les Clés du couloir, 2023.

Joëlle de Sermet,
La Note rouge, 2005.

Marie Sizun,
Le Père de la petite, 2005 ;
La Femme de l'Allemand, 2007 ;
Jeux croisés, 2008 ;
Plage, 2010 ;
Un léger déplacement, 2012 ;
Un jour par la forêt, 2013 ;
La Maison-guerre, 2015 ;
La Gouvernante suédoise, 2016 ;
Vous n'avez pas vu Violette ?, 2017 ;
Les Sœurs aux yeux bleus, 2019 ;
Ne quittez pas !, 2020 ;
La Maison de Bretagne, 2021 ;
Les Petits Personnages, 2023.

Laurence Tardieu,
Comme un père, 2002 ;
Le Jugement de Léa, 2004.

Richard Torrielli,
L'Anesthésiste, 2016 ;
La Fugue, 2021.

Frédéric Touchard,
Nu rouge, 2011.

Fabienne Valière,
Morte, 2011.

Anthony van den Bossche
Performance, 2017.

Hélène Veyssier,
Jardin d'été, 2019 ;
Comme une ombre portée, 2020.

Jean-Daniel Verhaeghe,
Le Jeu de l'absence, 2012.

Christine Vigneron,
Le Cheval de nuit, 2006 ;
Jean est là-bas, 2010 ;
Vous seriez ce garçon, 2015.

Sylvie Wojcik,
Les Narcisses blancs, 2021.

Ramy Zein,
Partage de l'infini, 2005 ;
Les Ruines du Ciel, 2008 ;
La Levée des couleurs, 2011.

ACHEVÉ D'IMPRIMER
EN FÉVRIER 2023
SUR LES PRESSES DE
CORLET IMPRIMEUR
À CONDÉ-SUR-NOIREAU
CALVADOS

PEFC™
10-31-1510
Certifié PEFC
Ce produit est issu
de forêts gérées
durablement et de
sources contrôlées.
pefc-france.org

IMPRIM'VERT®

Maquette : Audrey Charbonnier

Numéro d'édition : 1331
Numéro d'impression : 23020322
Dépôt légal : avril 2023
Imprimé en France